流星コーリング

河邉 徹

ポプラ文庫

SHOOTING STAR
CALLING

目次

1　流れ星と春の思い出

――去年　春

生まれつき、おでこに小さなあざがあった。

左側の眉の上に、ちょうど平仮名の「へ」のような形に、くすんだ色がぺたりと貼り付いている。小中学生の頃は、それが理由でからかわれたことが何度もあった。

高校生になってからも、人に見られるのが嫌で、できるだけ前髪を伸ばして隠すようにしていた。

そんな些細なことを気にしなくても、と言う人もいるかもしれない。そもそも理解してもらえるようなものならば、コンプレックスと呼ばなくても済んだだろう。

小さなコンプレックスは、長い時間をかけて心に染み着いていく。気が付けば、それも自分の人格を構成する一つの要素になっていく。

俺は、人にあざを見られていないか気にすることが癖になっていた。前髪を気にする。クラスメイトと話していても、視線が気になる。

だからふと、これがなければ、俺はどんな人間だったんだろうと思うことがある。

たまたま俺にはあざだったけれど、誰だってみんなコンプレックスがあるものだろう。身長、体型、顔のパーツ、声、におい。

知らないうちに重りを背負わされて生きている人は、どのくらいいるのだろうか。

俺は頭の中で、「喜び」と「悲しみ」が両端に乗るシーソーを描き出してみた。

自分でも気付かないうちに、「悲しみ」に重りを載せて生まれてくる人がいる。そんな人は、逆側の「喜び」にほんの少しの重りが載ったところで、シーソーは「悲しみ」に落ちたまま、ビクともしない。心の釣り合いは取れないままだ。

世の中はそんな風に、知らない法則がたくさん働いているのだと思う。法則の中、「悲しみ」が当たり前になってしまった心は、そちらに沈んでいることさえ自分で気付けない。

心はシーソー……。

その春、俺は芝生の上に寝転んで星空を見上げながら、そんな結論にたどり着いていた。

解き放たれたように広がる星たちでさえ、お互いの重力という法則に縛られ、同じ軌道をぐるぐると回り続けている。

人間もきっと、遠くから見ればそれと同じなんだろうと思う。

「……ねぇそれ、星空を見てる時の顔じゃないよ」

突然傍(かたわ)らで、鈴を鳴らしたような声がした。見ると、すぐ横に詩織(しおり)が立っていた。

彼女はいつも足音を立てずに歩く。制服のスカートの下には、学校指定のジャージを穿いていた。もう春と呼べる季節だけど、夜の学校は冷えるからだ。

「結局、また四人しか集まらんかったね。天文部って同じ学年だけで二十人くらい名簿にはおるのに」

詩織は暗闇の中、不満そうに唇を尖らせた。伸ばした髪が、すとんと胸の上まで下りている。暗闇でもその表情がよく見えるのは、前髪がきちんと目の上で切り揃えられているからだ。羨ましいな、と思う。俺はそんな風に、顔を見せられないから。

「ほとんどは部活してたっていう内申が欲しいだけじゃろ」

星空に視線を移しながら俺は言った。実際のところ、俺もたまにしか活動しないこの部活の、その「たまに」がめんどくさくなることもある。

「那月ちゃんも連れてきたらよかったのに」

「中学生は連れてこれんよ」

那月は俺の妹だ。いや、訂正。那月は俺の生意気な妹だ。昔から偉そうなところはあったが、中学生になってからは兄と一緒に歩くことさえ拒否するようになってしまった。どうせ誘っても、あいつがこんなところに来るはずがない。あれが噂の思春期というやつなのだろうか。

「あ、そうだ、さっき観測会で覚えたことのおさらいしよっか」

そう言って、詩織は俺の隣にごろんと寝転んだ。彼女の髪の香りが夜の空気にふわりと漂って、なんだか落ち着かない気持ちになる。今日は学校に泊まるので、家で風呂に入ってきたのだろう。

「わ——、綺麗。寝転んだら見やすい。りょう、いい方法見つけたね」

俺たちがいるのは廿日市中央高校の屋上だった。地域の緑化活動の一環で、何年か前から屋上の半面だけが芝生になっている。さっきみんなで観測会をしていたのは、屋上の入り口の扉を挟んだ逆サイドである。そちらの方が海側なので街明かりが少なく、より星の観測に適している。

「……こんなんしてるとこ真希に見られたら、また何か言われるで。四人しかおらんのにイチャイチャすんなーって」

「真希は優しいだけよ。そう言って、居心地が悪くないようにしてくれてる」

いつも参加している天文部の二年生は、俺と詩織の他に、真希と洋介しかいない。確かに、男女四人の中で二人に恋人同士になられると、あとの二人はその扱いに困るのかもしれない。

「……あれが北斗七星でしょ。で、その先端からずーっといったところにあるのが、北極星。名前の通り、それが北の方角。で、その北斗七星は……くまさんの一部なんだっけ？」

「くまさんって何じゃや。おおぐま座の尻尾の部分な」

「そうそう。相変わらず記憶力ええね」

そう言って詩織は俺の方に顔を向けた。そのままこちらを見つめているのが気配でわかる。詩織は時折こうして、意味もなく俺の顔を眺め続ける。俺は少し恥ずかしくなって、前髪を手で整えてから、ずっと星空を眺めているフリをしていた。

しばらくすると飽きたのか、詩織はまた夜空に視線を戻した。

「あっ！」

「ん？」

詩織は急に、ぶつぶつと聞き取れないくらいの声で何かを呟いた。

「……どしたんじゃ？」

「今流れ星が見えた気がして……」

どうやら願い事をしていたらしい。

「気のせいじゃろ。そんな簡単に見れんよ」

「……そうかな」

「何願ったん？」

「えっと、来年もここで星を観れますようにって」

「そんな願い事、簡単に叶うじゃろ。もっと将来の夢とか願わんと」

俺が笑うと詩織も笑った。それから、彼女は夜空に向かってまっすぐ手を伸ばした。

「でも綺麗な星空じゃねぇ。私昔から思ってたけど、星空って喜びが散らばっとるみたいじゃない？」

そう言った詩織の横顔を、今度は俺がじっと見つめた。「喜び」という言葉に、さっき一人で考えていたことが聞こえていたのかと思った。

「なんで喜びなん？　悲しみかもしれんで」

詩織の詩的な表現に、俺はなんとなく茶々を入れてみた。彼女の小さな顔と暗闇の境目が、じわりと夜に溶けてしまいそうに見えた。

「なんでかな？　でも綺麗じゃけぇ、悲しみって感じじゃなくない？」

「美しい悲しみもあるかもしれんで」

「もう、すぐ子どもみたいなこと言わないの」

詩織は口を尖らせ、叱るように言った。同い年なのに、彼女は俺にお姉さんぶることがある。

——喜びでいっぱいの星空。

俺はもう一度、星空を見上げながら思う。単純に、いい表現だと思った。詩織は時々、こんな風に綺麗な言葉を使う。読んできた本の量は俺の方がずっと多いはずなのに、彼女の方がこういうのは得意だから不思議だ。

俺たちが付き合い始めたのは、高校に入学してから少したった五月の頃だった。だからもう、恋人と呼ばれる関係になってから一年近くになる。恋人同士と一言で言っても、それぞれにそれぞれの関係があり、惹かれ合う理由があるのだと思う。俺はたまに、詩織の表情に小さな陰を見つけることがある。それを見ると、彼女は自分とどこか似ているのではという気持ちになるのだ。彼女は何か、言葉にしないままの気持ちを抱えている。自分だけがそんな彼女のことをわかってあげられているような気持ちになって、同時に、彼女だけが自分のことをわかってくれているような気持ちになる。二人でいると不思議なくらいに居心地が良かった。二人はお互いのことが好きで、お互いがそれを知っている。

「普段いる場所からこんな綺麗な星が観れるって贅沢じゃねぇ。しかも、みんな意外と知らんから、穴場スポットじゃ」

詩織の言葉に、そうじゃな、と俺は返事した。星空だけではない。施錠された門、誰もいない運動場、真っ暗な廊下。騒がしかった昼間の空気が、嘘のように静まり返っている。夜にしかないこの学校の雰囲気を、誰も知らないのだ。

これも全て、天文部だけに許された特権である。

「他の場所なら街明かりが邪魔でこんな見えんじゃろな。八丁堀の方で星が見えるとは思えん」

海辺にあるこの学校の周辺は、大きな建物もなく街灯も少ない。そこまで明るくない小さな星も、肉眼で見えるのだ。街明かりの多い場所では、そうはいかない。

「そうじゃね。広島でもこんなんなら、東京じゃと何も見えんのかなぁ。しかも都会って忙しそうじゃけ、星を見上げることもなさそうじゃ。ってか星を観るより楽しいこと多そうじゃし」

「……まるで田舎が暇みたいな言い方すんな」

俺がそう言うと、詩織はくすりと笑った。遠くで風が吹き抜ける音がした。

「でも、こんなゆっくりできるんも、二年生の冬くらいまでかなぁ。来年の今頃になったら、絶対受験受験ってみんな言っとると思う」

「そうじゃろうな」

さっきの詩織の願い事は、そういう意味もあったのだろうか、と思った。

「はぁ――。私受験とか、もっと遠い未来じゃ思ってた。もう今から進路決めとる人とかおるじゃろ？」

「うちの学校も進学校じゃけ。しゃーない」

「りょうは広島の大学の教育学部って言ってたっけ？」

「そうじゃなぁ。……今んとこな。迷っとるけど」

自分が何をやりたいのかわからない場合に、親と同じ道を選ぶ、という選択肢がある。俺の親は両方とも教師だった。父は中学、母は小学校の先生だ。

自分に向いているものが何かなんて、自分ではなかなかわからないものだ。自由に何にでもなれると言われても、逆に困ってしまう。元から敷かれたレールの上を行けば、失敗してもそのレールのせいにすることも可能だ。でも、自分で選んだ道を歩けばそんな逃げ道はない。だからなんとなく、親の姿に影響されて将来を決める人は多いと思う。俺も本が好きだけれど、それを進路の理由にするには勇気が必要だ。

自由なんて、まるで北極星のような道しるべもない、真っ暗な夜空みたいだ。

……お、今のは詩織みたいだったかも。

「……三年生になったら、こんな風に過ごす時間もないかな？」

詩織がまたこちらに顔を向けた。見なくてもその表情までわかる気がした。俺はまた気付かないふりをして星を見つめていた。

「ちゃんとメリハリつけたら大丈夫じゃろ。二人でいる時間も、勉強の時間も大事にして」

「ええね、そんな素敵な受験生カップル」

「そのためにも、詩織も今からコツコツ勉強しとかんとな」

俺が詩織に視線を移すと、目が合った。大きな瞳に穏やかな光が反射して、中で優しい星が輝いているようだった。

「そうじゃね。りょうは毎日勉強してて偉いなぁ。私も見習わんと。がんばろ！」

詩織は夜空に向かって、拳を突き出して気合を入れた。彼女の横顔は、滑らかな直線と柔らかい曲線でできている。詩織は学校でも目立つタイプじゃないから、みんな彼女の横顔の美しさを知らないのだ。俺はそれが嬉しくもあった。

俺がじっと見つめていると、屋上の入り口から甲高い声が聞こえた。

「詩織ー！　りょうちゃん！　そろそろやるよー！」

「あ、真希が呼んどる。観測会の次は勉強会じゃね。……今いくー！」

詩織は返事をすると、すぐに立ち上がって扉に向かって歩き出した。俺はなんだか急に寂しい気持ちになった。もう少しだけ、この星空とその横顔を見ていたかったのだけれど。

廿日市中央高校の天文部には、毎年そこそこの部員が入る。しかしそのほとんどが兼部で入部する者ばかりで、数ヶ月もすれば姿を見せなくなる。運動部と兼部した生徒は、大抵そちらの方が忙しくなり、天文部どころではなくなるらしい。実際に今日のように、いつも参加している四人は全員天文部以外の部活をしていない。

それでも、年度の最初に天文部への入部希望者が多い理由は、その珍しさと、部活紹介の紙に記された活動内容が目を惹くからだろう。

「主な活動内容」に書かれた「観測会」という活動は、学校に宿泊して行われると記されている。夜学校にお泊まりができるというのは、天文部だけに許された特権なのだ。「観測会」は通称「お泊まり会」と呼ばれていて、そのなんとも青春のにおいのする誘い文句に集まってくる生徒は多い。しかし、すぐにその活動の地味さと、絶妙なめんどくささのせいで、みんな姿を見せなくなっていく。

まず地味さについて言えば、天文部の活動は週に一度だけであり、それも自由参加という強制力のなさである。敷地内の奥まったところにある第二校舎の化学室が部室になっていて、毎週金曜日の放課後にちらほらと部員たちが集まってくる。

そしてめんどくささについては、そこでは毎週、誰か一人が天体について調べてきたことを発表しなければならないのだ。発表の役は毎週順番に回ってきて、テーマは星にまつわることなら何でもいい。みんなの前でプレゼンし、他の部員からの質問に答える。調べて発表というのも大した作業ではないのだが、その慣れない作業を大抵の生徒は敬遠する。

そして発表の時間が終われば、あとはただのお喋りの時間となる。最初は天体の話から始まって、徐々にクラスの噂話になり、時にはユーチューブの動画の話になっていく。お菓子まで部室に持ち込んで、一緒におもしろ動画を観ることもある。

週に一度の活動がこれでは、何部なのか全くわからない。

しかしそれでも、顧問の山波（やまなみ）先生が来てくれる時は、かなり天文部らしくなる。先生が自ら講義をしてくれるのだ。

山波先生は普段授業では地学を教えているが、若い頃に長い間、東京で天体の研究に携わっていたらしい。ネットで先生の名前を検索すると、彼についての記事がいくつもヒットする。その界隈では有名な人らしい。

そんな人の話を聴けるなんてとても貴重なことなのだが、正直そのありがたみはちゃんである。
誰も理解していない。天文部のみんなにとっては、ただの星に詳しい気のいいおっ
化学準備室には、先生の私物である大小様々な天体望遠鏡がいくつも置かれてい
る。どれも高級そうで、天文部以外の生徒は気軽に触ることもはばかられる。
そして今夜は学校で、春休みの間の唯一の活動である「お泊まり会」が行われて
いた。普段は立ち入り禁止になっている校舎の屋上に、その天体望遠鏡を持ち出し
て、さっきまで星空の観測をしていたのだ。
観測会が終わってからしばらく休憩時間を挟んで、今から化学室で勉強会である。
これが春休みの間のたった一度の活動ならば、面倒だとも言うまい。
俺と詩織は真希に呼ばれ、階段を下りて化学室へ向かった。暗闇の廊下には、赤
い非常灯だけが鈍い光を放っていた。冷たい空気に、俺の足音と詩織の小さな足音
が硬く響く。
「……おばけでも出そうじゃね」
詩織がむしろ歓迎するように言った。
「変なこと言うな」
そういう感情は、一度そちらに傾くと本当に怖くなるので、俺は何も考えないよ
うにした。
化学室に入ると、既に真希と洋介は席に着いていた。山波先生は教卓のところで、

何やら分厚い天体の本を広げている。

「お、来た来た。何か変わった星でも見つけたかい？」

先生は柔らかい視線を俺と詩織に向けた。今年五十二歳になるらしい先生は、肩幅があって体格もいい。だけど中年太りなのか、お腹や肩回りに丸みがあって、それが柔和な雰囲気を醸し出している。誰も山波先生が怒っているところを見たことがない。だから人数の少ない地学の授業でも、生徒たちはみんな安心して眠ることができる。果たしてそれがいいことなのか悪いことなのかはわからないが。

「違います先生。二人は地上にある『愛の星』とか、『青春の星』なんてものを探してたんです」

真希が上手いことを言った。そんなところに回る頭があるなら、別のところに使えと思う。

「普通にさっきのおさらいしとったんじゃ」

俺はとりあえずそう反論しておいた。真希は膨らんだ髪を手櫛で整えながら、どうだか、と冗談交じりの視線を俺と詩織に向けた。ふわふわともくるくるとも言える真希の髪の毛は天然のくせ毛らしいが、それが意外と似合っている。もっとも本人は気にしているようで、似合ってるよ、なんて言ったらマジで怒るだろう。湿気の多い日は大変らしい。

「そうかぁ、参ったなぁ。でもね、夜空には実際に、ロマンチックな神話もたくさんあるんだよ」

先生の言葉に詩織が「そうなんですか？」と興味を示しながら、いつもの一番前の席に着いた。化学室は授業の時、一つの大きな机に三人が並んで座るのだが、部員の少ない天文部が集まる時には、一人一つずつ広々と使っている。

詩織の左横の机が洋介、その後ろが真希、詩織の後ろが俺の定位置になっている。

「例えば今の季節なら、春の夫婦星と呼ばれる、二つの星を東の空に見つけることができるよ」

先生は四人にそれぞれ一枚の紙を配った。先生がさっき広げていた分厚い天体の本のコピーだ。カラーコピーは普段の授業では使えない決まりらしいが、先生は天体のことになるとすぐに使ってしまう。後で怒られないのだろうか、と俺はこっそり心配している。

紙の右上には「春の星空」と書かれていた。さっきまで見ていた星空が、Ａ４の紙一枚に収まっている。

「もしかして、アルクトゥールスとスピカのことですか？」

そう言ったのは洋介だ。

「その通り。よく知ってるね」

洋介は先生に褒められ、丸メガネの奥の涼しげな目を、愛嬌のある三日月形にした。なんでも興味を持ったものに対してまっすぐな彼は、星だけじゃなくちょっと変わったことにも詳しかったりする。車の構造なんかにも興味があるらしく、この前もスポーツカーが表紙の専門的な雑誌を読んでいた。一昔前なら、それでオタクだと言われて、女子にとって減点の対象になっていたかもしれない。今はそんなことはないようで、話題も豊富な彼は、陽気な文化系男子としてクラスの女子にも人気だ。塩顔とも言えるさっぱりした顔も、今風な雰囲気を醸し出している。

「先生、どの星ですか?」

「まずは、さっき屋上でも見た北斗七星を見つけるところからだよ。柄杓の柄の部分をぐーと延ばしてくと、オレンジ色の星が見える。それが夫婦のうちの夫にあたるアルクトゥールスだ」

先生は滑舌のいい、よく響く低い声で説明した。声と見た目が合わさって、オペラのバリトン歌手みたいでもある。

俺は言われた通りに、紙の上の夜空に北斗七星を見つけた。柄杓の持ち手の部分を、ぐーと平行にたどっていく。そこに、他の星よりも微かに赤みを帯びた星が光っていた。

「あ、これね! アルクールス!」

「アルクトゥールスじゃって」

名前を間違えた真希に、前に座っている洋介が振り返って訂正する。

「それそれ。ほんまじゃや、オレンジ色じゃや。奥さんの方はどこ?」

真希の視線を受けて、先生は説明を続けた。

「そのまままさらに同じ方向へたどっていくと、純白に輝く星がある。これがスピカ」

俺は先生の言う通りに、ぐーっとさらに指で同じ方向へなぞった。他の星より、白い光を放つ星があった。

「ほんまじゃー。白いなぁ。いいなぁ。うちは星になるならこんな星になりたい」

真希はうっとりしながら言う。詩織といい真希といい、天文部の女子はロマンチックが止まらないらしい。真希の方が少し、手に負えない感じではあるが。

「ちなみにスピカの意味は『尖ったもの』ってことで『スパイク』の語源とも言われているよ」

「お、そりゃ真希にぴったりじゃな」

そう言った洋介を、真希はキッと睨みつけた。多分、そんな表情がスパイクにぴったりなのだと思う。

「でも、二つの星は結構な距離がありますよね。ぴったり並んでいるわけじゃないのに、どうして夫婦って呼ぶんですか？」

「ほんまじゃや。しかも距離は永遠に変わらんのじゃろ？」

詩織と真希が、それぞれ疑問を投げ掛けた。

「離れているけれど、昔の人はきっと、その二つの星の色を見てそんな風に思ったんじゃないかな。それに実は、アルクトゥールスはスピカに向かってゆっくりと動いてるんだよ。五万年後には、二つの星は仲良く並んでいるとも言われている」

「すご！　五万年かけて、夫婦はそばに寄り添い合うんじゃね。なんて深い愛の力じゃ」

「五万年後に、スパイクでぶっ刺されんとええけどな」

ふざける洋介に、真希が後ろから消しゴムを投げつける。

「でも星のストーリーなんて、みんなの世代がそうやって新しく作っていいものだと先生は思うよ。星座の神話だって、最初は誰かが想像して作ったものなんだから」

「私、星座の神話に興味があります……。そういうのを上手にまとめてみたいです」

詩織は声を控えめに出した。確かに彼女なら、そういうところに興味が向くのかもしれない。

「まとめるだけじゃなくて、天文部で物語を作ってみたら面白いかもしれないよ。夏にあるジュニアセッションで、それを発表してみてもいいかもしれない」

「先生、他の学校は真面目に観測結果を発表しとるのに、浮きませんか……？」

洋介が心配そうに言った。夏にある、様々な学校が集まって行われる活動発表会の話をしているのだ。日本天文学会が主催しているもので、他の部活で言うところの大会みたいなものである。

「ん――、きっとそんなことないよ。他の学校の生徒たちも、新しいことをしてるなって驚くと思う。観測は理系、物語は文系の分野と考えると、その二つが交わることになるね。面白い発表ができるんじゃないかな」

「物語ですか……。でも……神話って確かに面白いものが多いですよね」

最初は少し不満そうにしていた洋介だが、既に興味を抱いているようだった。その柔軟さは彼のいいところである。

「そうじゃ、真希の家は神社じゃろ？　なんか日本的な星座の話とかも知っとるんじゃない？」

「そんなん知らんよ」

後ろを振り返る洋介に、真希はさらりと一言で返した。真希の家は宮島にある神社なのだ。宮島には世界遺産である厳島神社以外にもいくつか神社があって、そのうちの一つらしい。神社が家というのは、どんな暮らしなんだろうと思う。

「りょうちゃんはいっぱい本読んどるから、星にまつわる小説をまとめるのも良さそうじゃね」

「え、そんなんあったかな……」

真希が急に話を振るので、俺は狼狽えた。先生はそんな俺たちのやりとりを楽しそうに眺めていた。

「日本固有の星座の物語も、現代小説をまとめるのもどちらも面白そうだね。今どきは夜歩く時も、みんな空を見上げることもなく、スマホを覗くばかりでしょう。たまにはインターネットに繋がれた世界から解き放たれて、広大な星空の中で繋がる物語について考えてみてもいいんじゃないかな」

先生は窓の外に目をやりながら、どこか達観したようなことを言った。確かに現代人は、光る画面ばかりを眺め過ぎているのかもしれない。

「あ、そうだ先生。流れ星って見たことありますか？」

詩織が思い出したように言った。

「もちろんあるよ」

「本当ですか？　さっきそれらしいのを見たんですけど……やっぱり見間違いですよね。珍しいものですし……」

「どうだろうね。現象としては、流れ星は実はそこまで珍しいものではないんだ」

「そうなんですか？」

「よし、少しおさらいをしようか」

先生は黒板に、白いチョークで大きな丸を描いた。さらにその周りに黄色のチョークで小さなひし形をいくつか描いて、その丸がキラキラ光っているように見せる。

「恒星というのは、自ら光り輝いている星だということは覚えているよね？　太陽もその仲間になる。そしてその周りを回っているのが惑星だ。地球なんかもそうだね。さらに、惑星の周りを回っているのが衛星。だから月は、地球の衛星ということだ」

大きな丸の周りを回る小さな丸を描き、さらにその周りを回る小さな丸を描いた。

「……人工衛星って言葉もありますね」

俺は衛星の定義を思い出しながら言った。

「そうだね。地球という惑星の周りを回る、人工的な衛星だから人工衛星だ。そして問題の流れ星は、名前に星と付いているけれど、実は星と呼べるようなサイズではなくて、ほんの数ミリの塵にすぎないんだ」

「どういうことですか？」

「あ、もしかして、その塵が大気圏に突入する時に燃えて光るってことですか？」

洋介がすかさず、早押しクイズのように言った。

「ざっくり言うと洋介くんの言う通りだね。正確には、その塵が猛スピードで大気圏に突入した時に、前方の空気が強く押しつぶされるんだ。そうすると、押しつぶされた空気の温度が急激に上がって、さらに塵も熱せられて蒸発する。この蒸気がさらに高温になると電子が引き剝がされて、『プラズマ状態』になって発光するんだよ」

先生は丸に向かって直線をぶつけ、その先を黄色のチョークでキラキラさせた。

「うん。全然わからんし、多分何回聴いてもわからなそう」

真希はきっぱり言った。詩織もその言葉に頷いている。

「でも、そんな小さな塵がみんなを感動させる光になるなんて、ロマンチックね……」

真希は腕を組んで、目を閉じて微笑んでいる。彼女は頭の中がお花畑のようだ。

いや、この場合、頭の中が星空と言った方が良いか。

「もちろん昼間は見えないし、月が明るい日や曇り空の時も見ることができない。だけど、流れ星という現象は二十四時間何度も起こっていると言えるね。条件の良い夜に同じ方角を一時間眺めていると、必ず一つは見つけられると思うよ」

「同じ方角を一時間眺め続ける……。なかなか大変じゃなぁ」

「あとでもう一度屋上に行ってみよう。さっきの夫婦星を見つけるついでに、流れ星も偶然見つけられるかもしれないね。じゃあ次は……」

「先生ー、その前に詩織が持ってきてくれたケーキ食べましょう」

先生が次のプリントを配ろうとした時に、真希が提案した。

「あ、そうなんです。私の母が今日の残ったからって、持たせてくれたんです。準備室の冷蔵庫に入れておきました」

「おお、ありがとう。じゃあケーキを食べながら話すことにしよう」

いや、普通怒るところだよ先生。

しかし、ケーキ付き勉強会。悪くない。しかも詩織の家のケーキは美味しい。

それからみんなでケーキを食べながら、先生の天体の講義を聴いた。春の星座の話。うしかい座、猟犬座、おおぐま座の神話。

もう一度みんなで屋上に行くと、夫婦星は本当にくっきりと輝いていた。

春の天文部の活動——お泊まり会は、そこにいた全員にとって楽しい時間になった。

2　受験生と人工流星

――現在

窓の向こうの空は、薄い雲がぺたりと貼り付いていて、まるで時間が止まっているようだった。それでも確かに季節は動いていて、十一月なのに、教室は随分と冷え込んでいる。冬の気配が確かにすぐそこまで来ていた。女子は既に膝掛けなんかを脚に載せて、暖をとっている。無理もない、風邪は受験生にとって大敵である。熱なんて出してしまったら、時間が勿体(もったい)ないことこの上ない。

その日、午後の最初の授業は数学だった。受験生の多くは数学が苦手で、それが理由で数学を必要としない私立文系に志望を切り替える者が多い。多くの私立文系学部は三教科だけ勉強すれば合格することができるからだ。しかしこの高校では、全員が国公立大学を目指すという建前を貫き通している。つまり、三年生になっても私立コースなどとクラスが分かれることもないので、全員に等しく数学の授業はやってくる。

なのでこの教室にも、数学の授業中であるにもかかわらず、自分で懸命に英語の勉強をしている生徒もいる。もうこの時期になると、先生たちも理解してそれを許容しているようだった。

幸運にも俺は他の多くの生徒とは違い、数学が苦手ではなかった。得意とは言えなくとも、結局は問題のパターンへの慣れなのだと知れば、解ける問題は多い。今先生が解説している積分法も、意味はわからないけれど、使い方だけはちゃんと知っている。

先生が次の設問の解説を始めると、ちょうどチャイムが鳴って授業が終わった。みんなは解放されたように背伸びをしたり、昼の弁当の残りを食べ始めたりしている。

いつも通りの休み時間。だけど、夏休みが終わってしばらくした頃からだろうか、休み時間が以前よりも静かになった気がする。教室の雰囲気が、授業中からあまり大きく変化しない。少し前まではあんなにガヤガヤしていたのに。

休み時間も勉強している人がいるから、それを邪魔してはいけないというムードができているのだ。先生たちも「受験は団体戦だ」なんて言ったりして、みんなで目標に向かっていく空気をつくろうとしている。結局は個人戦なんだけどな、と思いながらも、俺もその団体戦のメンバーに名前を連ねているので、勝手なことはできない。

今日も残りあと一時間で学校は終わる。休み時間には特に話す相手もいないので、俺はとりあえず携帯を眺めていた。

ＳＮＳを開く。見なきゃいいのに、と思いながら、見る。

ややこしい時代に生まれてきたなと思うことがある。画面の中では事実と嘘が交ざり合っていて、それぞれがもともと何色だったのかもわからなくなっている。こんなものがあるから便利で、こんなものがあるから複雑で。

ただそれは、どの時代に生まれてきても同じようなことを思っていたのかもしれない。

いつの時代も、便利さと複雑さはイコールで結ばれている。……そんな新しい法則を思い付いたところで、誰かが俺の名前を呼んだ。

「……りょう、りょう」

廊下側の窓の向こうから呼ぶ声がする。見ると洋介だった。彼は俺と目が合うと、他のクラスの教室にもかかわらず、ズカズカと教室に入ってきた。

「なぁなぁ、ニュースで見た？　今日もテレビでやってたけどさ」

何の話をしてるのかわからん。と言えばいいのだが、何だかそれもめんどくさかったので、顔でそう言ってみた。

「いや、だから、人工流星の話じゃ」

意外と伝わったようだった。

「人工流星？　何じゃそれ。初めて聞いたわ」

「それでも天文部かぁ!?　……まぁ受験生じゃけ、しゃーないな。俺もあんまりネット見んようにしとったけぇ、全然知らんかった」

洋介は早口で喋りながら、左手でメガネを押し上げた。

「なんと来週金曜な、世界で初めて人工的に流れ星を作るっていう計画があるんじゃと。それもこの広島で。どっかの企業が研究しとったらしい」

　両手を広げながら、洋介は大仰に言った。

「変わった研究もあるんじゃな。流れ星って作れるもんなんか？」

「去年に山波先生も言っとったじゃろ。小さな塵が、大気圏に突入して流れ星になるって。じゃけぇ、ロケットで人工衛星を打ち上げて、そこから塵を後ろ向きに高速で放出したら作れるらしい。ロケットの打ち上げにはお金がかかるけど、原理的には可能で、その塵はまるでビー玉くらいの――」

「ストップ。……可能なんはわかった」

　止めない限り、休み時間中この話に付き合わされることになるだろう。話を遮られて、洋介は少しだけがっかりしたように見える。

「何でそんなもん開発されたんかな？」

「スポーツの国際大会とか、式典とか、きっとそういうでかいイベントで使われるんじゃろ。流れ星って、願い事叶ったりしそうで縁起いいけぇ」

「でも人工流星とか……願い事も叶わなそうじゃ」

「そうは言うけど、天然がいいとは限らんで。魚も養殖のが安全で旨いこともあるって、死んだ漁師のじーちゃんが言っとった」

　魚と星を一緒にするなよ、と俺は思った。

「また四人でいいから観に行きたいな。……もう長いこと集まってないし」

洋介が、ちらりとこちらに寂しそうな目を向けた。

「……行かんわ。受験生じゃけぇ」

「いや、一日くらい大丈夫じゃろ」

俺の反応に、押せばいけると思ったのか、洋介はさらに説得にかかった。

「気分転換も大事じゃ。高校生活最後の青春じゃろ？　ってか、りょうはやっぱり……」

何かを言いかけた洋介と目が合った。

「……ごめん。えっと、推薦じゃけぇ、もう受験関係ないじゃろ？」

急に声のトーンを落とし、俺だけに聞こえるくらいの声で洋介は言った。

「……まだ結果出てないって」

「でも、指定校推薦って、ほぼ確定なんじゃろ？　……やっぱり東京行ってしまうんかぁ。広島って言っとったのに」

洋介はしつこく食い下がってきた。

「せっかくじゃけ、その日集まった時に、進路のことみんなに話したらどうじゃ？真希もりょうのこと気にしとった」

「……別に関係ないし」

そこで、休み時間の終了を告げるチャイムが鳴った。

「じゃあ、人工流星観に行くの、ちょっと考えといてくれ」

そう言って、洋介は自分の教室に戻っていった。どうやらチャイムに救われたようだ。

洋介が小さな声で話してくれたのにも訳があった。俺はまだ誰にも、指定校推薦入試を受けたことを言ってないのだ。学校の生徒で知っているのは洋介だけだろう。それもたまたま、担任の先生が洋介は既に知っているだろうと思って、雑談で俺の話をしてしまったことが理由だ。

そもそも、みんなが一日十時間勉強しろだの言われている中で、自分だけ推薦をもらったことは正直言いにくい。自ら進んで言えるはずがない。

それに、受験した大学は東京の大学なのだ。それが理由で、俺はまだ詩織にさえ話せていなかった。

三年生になり、進路相談の面談で、先生は推薦という方法もあると教えてくれた。このまま流れるようにして自分の未来を選ぶことに疑問を持っていた俺は、その選択肢について深く考えるようになった。

親と同じ道を進むことは安心かもしれない。でも、それが本当に自分のやりたいことなのかはわからない。それならこうして別の場所に行って、新しい自分になるための道を探すのもいいのではないかと思ったのだ。

……しかしそのはずが、今になって俺は迷っている。

自分が東京に行こうとした本当の理由は何だったのだろう。上手く思い出せず、自分の中で曖昧になっている。

指定校推薦を取り消すだなんて、簡単にできることではない。推薦してくれた学校の看板に泥を塗ることになる。最悪来年から、学校がその枠をもらえなくなることもあるだろう。それに、もし同じように推薦を受けたがっていた生徒が他にいたとしたら、俺がその枠を奪ってしまったことにもなる。

そんなことも全てわかった上で、俺の心は揺れていた。

東京に行く。生まれ育ったこの街を出ていく。大切な仲間と離れなければならない。そして詩織とも……。

授業が終わったら、今日はすぐに学校を出よう。また洋介に誘われたら、なんて言って断ればいいのかわからなくなりそうだ。


授業の後のショートホームルームが終わると、俺はすぐに階段を下りて校門へと向かった。

見上げると、さっきまで空に貼り付いていた雲はもうどこかへ流れ去っていて、今は真っ青な高い秋の空が広がっていた。

学校の南側には瀬戸内海が一面に広がり、東側には山から海へと繋がる、佐方川という細い川が流れている。広島は川が多い。学生や若者が遊びに行ったり買い物をしたりする場所は、広島市の中心部、特に八丁堀の方だが、その辺りの都心部でも太田川という大きな川が六本に分かれている。太田川デルタという言葉を、小学生くらいの頃にみんな社会の授業で学んだはずだ。広島の街は、そうした三角州の上にできているとも言える。

校門を出て、川沿いを駅に向かってしばらく北へ歩くと、角に赤い暖簾(のれん)の焼肉屋がある交差点に出る。詩織はその信号の下で待っていてくれた。電柱に背中を預け、目を閉じて音楽の世界に浸っているようだ。耳から延びたイヤホンのコードが、スカートのポケットへと繋がっている。

詩織は以前、邦楽だけじゃなくて、イギリスのバンドも好きで聴いていると言っていた。それがどんな曲なのか知らないが、見た目にそぐわず、渋い音楽の趣味があるのかもしれない。今もそれを聴いているのだろうか。

詩織はこちらに気が付くと、イヤホンを耳から外して、胸のあたりで小さく手を振った。ここから一緒に帰るのが、三年生になってからの日課になっていた。

毎日とはいえ、会って話すのはこの時間だけだ。きっと周りの高校生カップルと比べると、一緒にいる時間は短い方だろう。それでも自然とそうなるようになったのは、二年生の頃から、受験生の恋愛について話し合っていたことが理由だった。お互いに真面目な性格なこともあって、下校の時間は一緒に過ごしても、それ以外の時間にダラダラと時間を無駄にするカップルにはならないでおこうと、二人で話していたのだ。

もちろん寂しさはあった。だけど、ゆっくり過ごすのはこの一年を乗り越えてからでいい。そう約束したことが、ちゃんと実現できていた。短い時間だとしても、俺も詩織もこの時間を大切にしている。

「何の歌聴いてたん?」

「『I would die for you』って歌だよ」

歩きながら俺が訊くと、詩織は歌のタイトルを言った。やっぱり英語のタイトルだった。俺は受験生らしく「would」の使い方について考えてみる。その単語の意味を説明しろと言われると、はっきりと説明するのは難しい。「I want to」を丁寧に言うと「I would like to」と教わった。数学の公式と同じで、本当の意味はわかってなくとも、その言葉を使うことはできる。

「恋愛の歌なの」

詩織は胸の下まで伸びた髪を揺らして、嬉しそうに言った。そんな詩織の姿を見て、俺はなんだか安心した。

「……今日さ、洋介が人工流星の話してた」

「何それ?」

詩織と目が合うと、既に瞳に興味の色が浮かんでいた。

「なんか、人工的に流れ星を作る研究があるんじゃと」

「へぇ。流れ星を作るなんて、ぶちロマンチックじゃね。山波先生がいたら解説してくれたじゃろなぁ」

詩織はカバンを右手から左手に持ち替え、一瞬空を見上げた。高い空に、さっきは見えなかった雲が向こう側にだけかかっている。まるで空が半分に分かれているみたいだった。

山波先生は俺たちが三年生になった春に、他の学校へ異動になってしまった。今は別の先生が顧問をしてくれているが、もはやただ名前だけの顧問という感じである。それも仕方ない、山波先生のように天文学に詳しい先生などなかなかいないだろうから。

「……詩織はそう言うと思った。でも人工的な流れ星とか、願い事も叶わなそうな気がせん？」

「そうかなぁ。宇宙さん側から見ると、人工的とか気にしてないんじゃないかな。宇宙さんは向こうの山もこの川も、駅もマンションも、全部自然なものって思うかも」

「宇宙さんって誰じゃ。……でも、確かに宇宙から見たら区別はつかんかもな。とはいえ、建物は誰かが造ろうって意志を以て造ったものじゃけぇ、自然とは違うじゃろ？」

「えー、じゃあ天然の蜂蜜だってさ、蜂さんが作ろうって意志を以て作ったものでしょ？　この地球の生き物がすることなら、何をしても宇宙さんから見れば自然だよ」

スカートから伸びた白い脚が、アスファルトのかけらを優しく蹴った。黒色のそれはコロコロ転がって、草むらに飛び込んだ。

「……蜂に意志なんかないじゃろ」

「えー、蜂さんのことバカにしないでよ！」

「いつからそんな蜂好きになったんじゃ」

俺が言うと詩織は笑った。雲間に光る太陽のような、とても綺麗な笑顔だった。

「とにかく、流れ星なら願い事は叶うよ。資料にも書いてあったじゃろ？『流れ星は、神様が天の蓋を開けて下界の様子を眺める時に、蓋の間から漏れ出した天の光。その光が見えている間に三回願い事をすれば、神様は願いを聞き取ることができて、願い事が叶う』、でしょ？」

「……そんなんもあったな。ってかよく覚えとるな」

感心する俺に、詩織は満足そうに微笑んだ。

去年の夏、俺たちはジュニアセッションのために、いろんな資料に当たって天体のことを勉強した。詩織が言ったのは、その時に見つけた流れ星に関するどこかの国の言い伝えの一つだった。

詩織は道路と歩道の間にところどころ設けられた、十五センチくらいの低い段の上にぴょんと飛び乗った。両手でバランスをとって歩いて、またすぐ飛び降りる。

ありふれたこの時間が、とても価値のあるものだと思った。特に受験生になってからそう思う。

俺たちは二人でいる時や、天文部の仲間といる時はこうしてよく話す。だけど、それ以外の場所ではこんな風に誰かと話すことはない。俺は多分、人とあまり目を合わせない、コミュニケーションに難あるクラスメイトだと思われていると思うし、詩織だって、見た目も派手じゃない、大人しい女子だと思われていると思う。だから、二人がこんな風にたくさん話している様子をクラスの人が見れば、多分びっくりするだろう。地味な者同士がくっついたと、バカにするやつもいるかもしれない。

でも、それでもいい。

俺はこれで幸せだから。

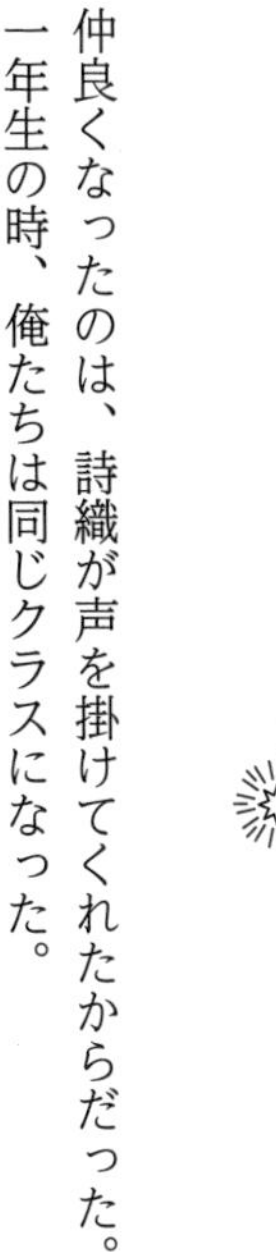

仲良くなったのは、詩織が声を掛けてくれたからだった。
一年生の時、俺たちは同じクラスになった。

最初に話したのは、体育の時間だった。体育の時間に、俺は教室で本を読んでいた。

あざが見えないように伸ばした前髪も、それが何の役にも立たなくなるのは体育の時間だった。俺はもともと運動が得意じゃなかったけれど、眉の上の「へ」の字のあざは、いつしか運動するということ自体をコンプレックスに変えていた。

高校に入学して新しい環境になってから、心のどこかでずっと人の目を気にしていたのだと思う。俺は体育がある日に体調を崩すようになった。一度休むようになると、みんなが自分の休んだ理由を噂しているような気がして、体調は繰り返し悪くなった。俺はそんな悪循環から逃げるように、教室で必死になって物語の世界に入り込んだ。

詩織も同じように、よく体育を休んでいた。彼女は教室の窓から、みんなが校庭を走っている姿をずっと見学していた。後から聞いた話では、単純に羨ましかったらしい。彼女は体が弱くて、激しい運動ができないと言っていたから。

そして詩織は、しばらくして見学にも飽きてきた頃、今度は本を読むという習慣を持っている俺を羨(うらや)ましく思ったらしい。何回目かの体育の授業の時に、「何読んでるの?」と俺に声を掛けてくれた。

その時俺が読んでいたのが、何周目かわからないほどにお気に入りの『銀河鉄道の夜』だった。それを見た彼女は、唐突に星の素晴らしさを俺に語り出した。星は願い事を叶えてくれるのだとか、亡くなった人はみんな星になるのだとか。想像力豊かな人だな、と思った。

　俺も負けじと自分の知っている星の話をいくつかした。『銀河鉄道の夜』の銀河鉄道はあの世を走っているのだとか、『星の王子さま』の作者には「計画のない目標は、ただの願い事にすぎない」なんて名言があることとか。

　それを聞いた詩織は、「願い事だとしても、願うのはいいことだよ」と少し不満そうに言った。俺の言葉じゃないのに、俺に反論されても困る。ともかく、教室で二人の会話は意外にも弾んだ。

　最後に、

「一緒に、願い事しようよ」

と詩織は言って、帰宅部の俺を天文部に誘った。どんな誘い文句だ、と思った。

天文部の存在さえよく知らなかった俺は、最初は丁重にお断りした。だけど、毎回体育の時間、彼女は俺を勧誘し続けたので、とうとう一度見学に行ってみることにした。

「りょうにすごく合っている部活だと思うから」と彼女は言った。それは正しい誘い文句だった。

　それから、詩織と一緒に過ごす時間が少しずつ増えていった。

落ち葉が秋風に吹かれて、カサカサと音を立てながら、俺と詩織の間を流れていく。高校から駅までの道沿いは、川を挟んで家々が立ち並んでいる。

「……それにしても、何で広島が選ばれたんじゃろな？　実験みたいなもんか？」

俺はふと疑問に思った。実験だとしても人工流星なんて催しは、だいたい東京のような大都会でした方が話題になるものだ。

「何でだろうね。でも、きっと何か理由があるんだよ。物事っていうのはそういうもんじゃ。……って、りょう自身がそう言ってなかった？」

「そうじゃったかな？」

たまに詩織は、俺もよく自分で覚えていない、俺が言ったことを覚えている。

「でも、東京でした方が話題になりそうなのは確かじゃね」

今度は落ち葉を優しく蹴ってみてから、さっき俺が思ったことと同じことを彼女は言った。

「りょうは東京、行きたいって思う？」

詩織が急にそんなことを訊くので、俺は一瞬息を呑んだ。

「ん……あ、あんまり興味ないかな」

戸惑って変な否定の仕方をした俺に、詩織は小首を傾げた。

「どしたの？」

「いや、詩織は？　お店継ぐん？」

俺は話をそらすように、詩織に尋ねた。

「私は……あんまりケーキ作る才能なさそうやけ、お手伝いくらいならできるけどって感じかな。まだ覚悟が決まらんから、とりあえず広島の大学に行こうと思う。それなら、学校行きながら家のお手伝いもできるし……」

詩織の家は小さなケーキ屋さんを営んでいる。お父さんとお母さんは昔同じケーキ屋さんの工場で働いていて、そこで出会ったらしい。結婚して二人でケーキ屋さんを開業し、そこで詩織は生まれた。もう長い間地元で愛されているケーキ屋さんになっていて、ショートケーキが美味しいと評判だ。何度か天文部の集まりに持ってきてくれたことがあるが、クリームが甘さ控えめでいくらでも食べられそうだった。

俺は詩織が抱えている迷いも、自分と似ているものだと思っていた。自分の向き不向きと環境が一致するとは、必ずしも限らない。そんな同じ悩みを抱えているから、俺と詩織は似た者同士になれたのだと思う。

「りょうは模試の感じなら、受験も大丈夫そうじゃろ。りょうが選んだ道を、私は応援しとるよ。大学生になったらいっぱい遊ぼね」

俺が選んだ道。詩織がそう言うので、胸が痛んだ。

「……そうじゃな」

どこへ向かえばいいのか、俺はまだ自分でもわかっていない。

詩織はまた段の上に飛び乗った。絹糸のような髪がふわりと揺れる。車道を車が勢いよく走っていった。万が一、向こうへバランスを崩したら危ないぞ、と言おうと思ったけどやめた。事故なんて、想像するのも嫌だから。

駅に着くと、改札のところで俺たちは立ち止まった。

「じゃあ、今日も予備校行ってくる」

予備校は広島駅の方なので、俺の乗る電車は詩織とは逆方向である。

「偉いなぁ。私も頑張る。じゃあまたね」

手を振って離れていく彼女に、俺はいつちゃんと話せるのだろうかと思った。


広島駅から徒歩五分ほどの場所にある、国道沿いの大きなビルの一階から四階までが、その予備校のフロアになっていた。

三階に授業を受けられる教室が四つあり、俺は一番奥の教室で、受験対策の授業を受けていた。講師の先生が言うには、問題を解くにはもちろん勉強が必要だが、それ以外に、傾向を知ることや解答のテクニックを身に付けることも大切だそうだ。知識だけでは点数が取れない場合もあるらしかった。

教室を出て、これから二階の自習室で勉強しようと思ったが、昨日寝る前に使った英単語帳を、自宅の部屋の机に置いてきてしまったことに気が付いた。

それなら今日は、家に帰って部屋で勉強をしてもいいだろう。そう思って、階段で一階のロビーに下りた時だった。

受付のところに、見覚えのある後ろ姿が立っていた。少し横を向くと、マスクのゴムが耳にかかっているのが見えて、それでレオンだとわかった。彼は天文部の一つ下の後輩で、去年までは一緒に部活動をしていた。もちろんレオンというのはあだ名で、ちゃんとした漢字の名前があるわけだが、誰もその名前を思い出せないくらいに、レオンというあだ名は定着していた。

話し掛けずに、俺が後ろを通り過ぎようとした時、彼はタイミング悪く振り返った。

「あれ？　りょうさん？」

「……お、レオンか？」

無視するわけにもいかず、俺はあたかも今気付いたように返事をした。

「りょうさんもこの予備校に通ってるんですね」

レオンは無表情な上に、花粉症だとかでいつもマスクをしている。今日も、顔の半分以上を白いマスクが占めている。今はそういうやつだと理解できるが、出会った頃は何を考えているのかわからず困惑したものだった。

「そうじゃな。レオンはいつからおるん？　こんなところで会うのは初めてじゃな」

「僕たちは先週からお試しで授業を受けてるんです。良さそうなら、冬期講習から通ってみようかなと思ってます」

予備校が、初めて来る高校生向けにキャンペーンをしているのだろう。そんなポスターが貼られているのを見た気がする。

「『僕たち』って、一人じゃないんか？」

「あれ……りょうさんですか？」

レオンの後ろからやって来たのはモナだった。彼女もレオンと同じく、天文部の後輩だ。

「お久しぶりです」

と言いながら、モナは珍しそうな顔でこちらを見ている。レオンとは対照的に、考えていることがわかりやすいのがモナだ。今はツチノコでも見たというような顔をしている。

実際、二人と会うのはかなり久しぶりだった。学校でもずっと会うことがなかったので、モナのような表情になる気持ちもわかる。

「……りょうさんが通ってるなら、この予備校は良さそうですね。りょうさん、頭いいですもん」

「そんなことないって」

とだけ言うと、三人の間にしばらく沈黙が流れた。気まずさを振り払うように、俺は口を開いた。

「……でも、講師はみんな熱心でいいと思うよ。あと、登録すれば家で東京の有名講師の講義を聴くことができる。それならスマホでも聴けて、好きな時間に授業受けられるしな。俺は去年、親にもらったノートパソコンが部屋にあるけぇ、それ使って授業受けとる」

訊かれてもいないのに、俺は予備校の情報をまくし立てた。そうなんですね、と二人は俺の様子を気にするでもなく、返事をした。

「……ほいじゃ、俺もう帰るけぇ。またな」

もう話すこともなかったので、俺はすっと背を向けて、入り口に向かって足を踏み出した。

「……来週、人工流星が降るんです。知ってますか？」

後ろでモナの声がした。勇気を出して言ったみたいに、声がうわずって聞こえた。

「観に行かないんですか？」

レオンも訊いてきた。どうやら、みんなその話題で持ちきりのようだ。

「うーん、受験生じゃしな」

とだけ言って、俺は後輩の方を振り返ることもなく予備校を後にした。

たまに人と話している時に、ふと、それが現実じゃないように感じることがある。特にたくさんの人と一緒にいる時にそう思う。現実感の希薄さ。少し時間が経ってからのこととなるとなおさらだ。

例えばクラスの誰かと会話をして、その時はちゃんと話していたはずでも、後から考えると自分はあの時ひどくぼーっとしていたのではないかと思うのだ。

多分、その一瞬一瞬は懸命に生きているはずで、みんなからは俺のことが、別段いつもと変わらない様子に見えているのだと思う。それなのに、時間が経ってからその時のことを思い返すと、自分はちゃんと起きていただろうか、と思うほどに模糊とした記憶がそこにある。

時間の流れというのは得てして不思議なもので、過去になってしまった時間はもうどこにもないのに、それは依然として現実だというのだ。そんな不思議なことが、当然のこととしてみんなに受け入れられている。

俺は東京まで行って、大学で面接を受けてきた。今はその時間でさえも、夢だと誰かに強く言われたら、信じてしまうような気持ちになっていた。

しかし、現実は現実で、夢は夢である。

今俺の目の前にある紙は、それが現実だったということを沈黙のままに大きな声で主張している。

その日、家に帰ってくると、郵便受けに自分宛ての封筒が届いていた。その封筒を開いて通知を読んだ俺は、僅かの間、時が止まったように体が固まった。そして苦しさを感じて、初めて自分が呼吸を止めていたことに気が付いた。

俺は東京の大学に合格した。

この気持ちは何だろう。心の容器は喜びでいっぱいになるべきだったのに、切なさのかけらがいくつも浮かんでいた。

同時に、これまでに喜びというものが、ただ紛れもない純粋な感情として胸に訪れたことがあっただろうかと思った。

誕生日にプレゼントをもらった時、俺は喜びを表現しようと努めなかっただろうか。

くじで幸運を引いた時、いずれその反動のように来るかもしれない不幸のことを考えずに、素直に受け入れることができただろうか。

今、この喜びを手に入れてしまえば、それと引き換えにどんな悲しみが訪れるのだろう。悲しみに癖のついたシーソーは、喜びに重りが載ると、そちらに負けないよう、さらに悲しみを上乗せするかもしれない。

これから、父と母にこの封筒が届いたことを報告して、期限までに入学の書類を送って入学金を支払えば、俺は喜びを手に入れたことになる。

……期限までに。

期限は来週中である。人工流星が降った次の日に書類を送ればギリギリ間に合う。逆にそのタイミングで送らなければ、入学の意思がないとみなされるのだろう。

それに、来週の土曜日は詩織の誕生日でもある。

そんな時に俺が東京に行くと言ったら、詩織は何と言うだろうか。どうして相談しなかったのと責めるだろうか。そばにいてほしいから、離れないでと言うだろうか。

むしろ、そうしてくれた方がいいかもしれない。

詩織はきっと、俺が決めた道ならと、不平も言わずに応援してくれるのだろう。

俺はその通知を最後まで読んでから、もう一度封筒にしまい、隠すように自分の部屋の机の中に入れた。


それから俺は何をするでもなく、リビングで椅子に座ってテレビを観ていた。合格通知を見た直後なだけに、何だか勉強する気が起こらず、だからといって時間をどう使えばいいのかわからなかった。テーブルの向こうのテレビでは、初めて観るバラエティ番組が流れている。興味の惹かれる内容ではなかったが、そこから動く気にもなれない。こんな風に消極的な時間を過ごすのは久しぶりな気がした。

玄関から音がした。その音で、母が帰ってきたのだとわかった。家族はみんな、ドアを開ける時に立てる音がそれぞれ違う。母は少し迷ったように鍵を挿し込むが、那月はその逆で、迷いの感じられない勢いで挿し込む。

リビングに入ってきた母は、俺の姿を見ると意外そうな顔をした。

「あれ、今日は家に帰っとるんじゃね。ご飯の時間はいつも通りでいい？」

「……うん、ありがとう」

母は手に提げたスーパーの袋をキッチンに持っていき、冷蔵庫に買ってきたものを入れていく。その姿をじっと見ていると、ふと目が合った。

「どしたん？」

「何でもない」

「……なんか珍しいね」

母は手元に視線を戻した。珍しいと言ったのは、大体いつもこの時間、俺は予備校の自習室で勉強しているか、自分の部屋にこもって勉強しているかのどちらかだからだろう。

空腹の時の方が集中できるので、俺はいつも遅くまで勉強してから夕飯を食べる。その後は暗記科目を中心に勉強する。暗記科目は寝る前にするのが、一番記憶に定着させやすい。

そんな効率のいい方法を教えてくれたのは父だった。両親が教師ということで、うちは教育のプロが家に二人もいるということになる。

二人は教師になってから、市の教育研究会で出会ったらしい。同じ市の小中の先生はそんな風に交流することがあるようで、そのおかげで二人は結婚して俺が生まれた。

親が教師というのは、羨ましい環境だと思う人もいるかもしれない。実際に心強いこともあるのだが、決していいことばかりではないのも事実だ。何より、忙しそうである。特に父は、私立中学の先生で、担任だけでなく部活の顧問もしているため、帰ってくるのはいつも遅い。土日も部活があるのでほとんど家にはいない。ブラスバンド部の顧問をしていて、その学校が全国的にもなかなかの強豪校らしい。父自身、特に演奏の才能があったわけではないらしいが、学生時代にブラスバンド部に所属していた経験を活かし、担当した部活をみるみるうちに全国レベルへと導いた。良いコーチと良いプレイヤーが違うように、父は人に何かを教えるということが本分だったのだと思う。

そんな優秀な教師である父は、昔からあまり家におらず、俺には父との思い出が多くはない。

「天文部では人工流星の観測とかあるん？」

不意に母が言った。

「人工流星、知っとるん？」

「うん、結構話題になっとるで。うちの小学校でも、グラウンドでみんなで観測会やるってさ。私は関わってないけど」

「そうなんじゃ。俺は友達に教えてもらうまで知らんかった」

「受験生じゃから、携帯見るより参考書見る時間の方が大切じゃろ。まぁ……指定校推薦にしたんなら大丈夫かな」

　母は、喉の奥に何かが引っ掛かったような言い方をした。教育者として優秀だからといって、親として優秀かどうかはまた別の話だ。

　多分二人は俺のことを、親が歩いてきたのと同じ一本道を、ただまっすぐ歩く子どもだと思ってきたはずだ。人の目や評判を気にする、臆病な子どもだと。

だから、俺が東京の大学への推薦を学校からもらうと話した時、二人は目を丸くしていた。

　これまで自分たちと同じ道に進むため、広島にある大学の教育学部に行くと言っていたのが、急に東京の何でもない私立大学に行くと言い出したのだ。

「……後悔しないか？」

　と父は訊いた。俺はそんな一つ一つの親の言葉に嫌気が差していた。後悔などという後からするものに、今からしないかと尋ねられて、頷くことなどできるはずがない。

きっと誰も、そんなに深く考えて言葉を発していないのだろう。だけど、言った本人にとってはあまり意味のない言葉が、言われた相手にとっては深い意味を持つこともある。誰かに言われた嫌いな言葉は、いつまでも頭の中を巡って、簡単には出ていってくれない。

「前髪切りなさいよ。勉強しにくいでしょ」

またた。

俺が立ち上がって自分の部屋に戻ろうとすると、母は軽々しくそう言った。

いまだにわかっていないのだ。教師という仕事をしていながらも、大人は子どもの気持ちを何一つ見抜けない。

もし俺がやっぱり東京に行くのをやめて、広島で教師を目指すと言ったら、二人は何て言うだろうか。やっぱりとか、それが正しいとか言うだろうか。

朝目が覚めると、カーテンの隙間から強い光が差し込んでいた。昨日いつも通り閉めたつもりが、少し隙間が開いていたらしい。

俺はまぶしさに目を細めながら、壁に掛かっている時計を見た。いつもより時間は早かったが、もう一度寝付けそうにもなかったので布団から起き上がった。

ベッドと逆側の壁には、俺の背と同じくらいの高さの本棚がある。昔から本を読むのが好きだった俺は、そこに読み終えた本をしまっていた。ぎっしり詰め込まれたお気に入りの小説を眺めていると、自分がこれまで本当に生きてきたのだということを、目で見て確かめることができているような気持ちになる。

部屋を出てリビングに向かうと、扉の向こうで、平日なのに珍しく人の気配がした。父と母はいつも俺が起きる時間には出勤しているので、きっと那月だろう。しかし、彼女ならいつも俺が家を出るくらいの時間に起きてくるはずだ。

リビングに入ると、やはり制服を着た那月が座っていた。テレビの前の机で、朝食を食べている。

「あれ？　おはよ」

「おはよう」

那月はこちらを見ずに返事をした。

こんな時間に起きてくることなど珍しい。彼女はいつも学校に間に合うギリギリまで寝ている派なのだ。中学は近くなので、早起きするくらいならば走って間に合わせればいい、という精神だ。

「……今日は早いな。何かあるん？」

「別に、お兄には関係ないじゃろ」

もはや質疑応答すら許されなくなったのだろうか、と俺は内心傷つきながらもテーブルの上を見た。

母が用意してくれた俺の分の朝食がある。小鉢に盛り付けられたサラダとハム、そしてスクランブルエッグだった。俺はリビングから対面キッチンへ入り、いつものようにトースターに食パンを入れた。タイマーをグリっと回す。同じ時間に設定したつもりでも、なぜか食パンは焦げる時と焦げない時があるから注意しなければならない。

ギギ、と椅子を引く音がしたのでリビングを見ると、那月が立ち上がってカバンを肩に掛けていた。

「じゃ、行ってきます」

素っ気なく言って、那月は逃げるようにして家を出ていった。同じタイミングで朝食を食べるのが嫌だったのかと思うと、また少し傷つく。

ギリギリ焦げずに焼き上がった食パンを取り出して椅子に座ると、テレビでは朝のニュース番組が流れていた。

アナウンサーがスタジオの大きな画面の前で、何かを伝えている。

『今夜は人工流星が流れます。幸運なことに天気もよく、壮麗な流星が見えることが予想されます――』

今日か、と俺は思った。後ろの大きな画面には、美しく尾を引く流れ星の写真が映っている。人工流星が降るのは二十一時からで、その時間の雲の動きが図になって表示された。

スタジオに呼ばれた専門家が、人工流星の仕組みについて流暢に説明を始めた。洋介ならメモを取り出して書き留めそうな内容である。いや、あいつならもう調べ上げていて、全く同じことを語れるかもしれない。

『街ではそれに合わせて、いくつかの催しが行われています。今市内のレストランと中継が繋がっています』

アナウンサーが言うと画面は切り替わって、広島駅のそばにある、大きなホテルの中のレストランが映し出された。真っ白なクロスが被せられたテーブルが並んでいて、それぞれのテーブルの中心には、火の点いていないキャンドルが立てられている。

『こちらでは、今夜は星にまつわる特別な料理が提供されるそうです。窓の外は今はまだ明るいですが、今夜ここからの景色は、とてもロマンチックなものになるでしょう』

天井の高さまで張り巡らされたガラスの窓からは、確かに夜空がよく見えそうである。夜景を売りにしているレストランも、今夜ばかりは夜空が主役らしい。こんな風にテレビで宣伝されると、どの店もすぐに予約でいっぱいになってしまうだろう。

『花金の選択肢として、皆さんも世界初の人工流星を観るために、大切な人と夜空を見上げてみてはいかがでしょうか？』

そう締めくくると、また映像はスタジオに戻った。

世界初。大切な人。

詩織……。テレビの影響は絶大だ。高校生活最後の思い出だと思うと、俺は少し人工流星に興味を惹かれていた。


その日の一時間目の授業は英語だった。「wouldには様々な用法がありますねー」と、英語の先生が抑揚のない声で文法解説をしている。俺は何だか集中できずに、ぼんやりと話を聞いていた。

時間通りにチャイムが鳴って授業が終わる。そして、最初の休み時間に彼は姿を現した。

「りょう、りょう！」

来るだろうなと思っていたが、まさか午前中からとは。洋介は俺の姿を見つけると、迷いなく教室に入ってきた。

「どした？」

俺は努めてめんどくさそうに言った。

「今日だよ今日、人工流星。どこに観に行こうか？　広島駅のビルのとことか、よく見えるらしいな。今日も朝、テレビでやってた」

多分俺も同じの観たけど……って問題はそこではない。

「いや、まだ行くとは言っとらんじゃろ」

なぜか腕を組んでにんまりしている洋介を一瞥して、俺はそう言った。

「いいじゃろー。もう推薦の合格通知、来たんじゃろ？」

「……なんで知っとるん？」

「あ、やっぱり」

洋介のメガネの向こう側の涼しげな目がニヤリとしている。

「……ハメたな」

「せっかくじゃ、今日天文部のみんなに報告したらどうじゃ？　流星の観測場所は、ちょっと山波先生にも尋ねてみるけぇ。この前も電話で先生と話したけど、この人工流星は大体直径二百キロの範囲で見ることができて、その仕組みとしては――」

ジリリリリ！

洋介が面倒な説明を始めた時、教室にけたたましい非常ベルの音が鳴り響いた。全員が訳もわからず天井を見上げたり、誰かと目を合わせたりする。俺も洋介と目を合わせた。

「何じゃ？」

すぐに音は鳴りやみ、校舎全体に放送が流れた。

『ただいまの非常ベルは誤作動です。災害等は起こっていません。繰り返します、ただいまの非常ベルは誤作動です……』

厳しい体育教師の竹中先生の声が響いた。ちょっと怒っているように聞こえる。もしかしたら誰か下の学年の子がふざけ合っていて、たまたま非常ベルに当たったとかかもしれない。

「何じゃ人騒がせじゃな……。お、もう授業始まるな。場所については、もう一回山波先生と連絡とってから決めるわ」

「ちょ、待てって」

洋介は俺の制止も無視して、足早に教室を出ていった。


静かな授業中の教室に、先生の声だけが響いている。

俺は机の下の携帯でSNSを覗いていた。「人工流星」で検索してみると、みんながそれを話題にしていることがわかる。

鹿児島県で打ち上げられたロケットが、宇宙で流星の素となるビー玉のようなものを吐き出す。それが大気圏に突入する際に燃えて輝き、人工流星となる。地上では直径約二百キロの範囲で観測できるらしい。

夜空に光を輝かせるという点では、花火に近いかもしれない。しかし花火と比べても見える範囲はずっと広く、空さえ見えれば自宅のベランダからでも観ることができる。

花火だけでなく、ショーと呼ばれるようなものは、みんなが今同じものを観ているという状況が、心を高ぶらせてくれるものだ。経験の共有は感動に繋がる。それがこれだけの広い範囲で行われるというのだから、その興奮は計り知れないだろう。多くの人が話題にするのも自然なことだ。

そうして携帯を見ていると、画面の上に一つのメッセージが届いた。

［りょう。今日風邪ひいちゃって学校休んじゃった。熱はほんのちょっとじゃけ、心配しないで。寒くなってきてるから、りょうも気を付けて］

詩織からの連絡だった。

こんな日に風邪をひくなんてタイミングの悪いやつだ。どうやら、今日が人工流星の日だということは忘れているらしい。

昼休みに、俺は迷惑かと思いながらも電話をしてみることにした。学校での通話は禁止されているので、先生の目につかない第一校舎と第二校舎の間のスペースで電話をかけた。

数回コールすると、すぐに彼女と繋がった。

「もしもし」

「ああ、詩織。大丈夫?」

「うん、心配させてごめんね。そんなに熱も高くないんじゃけど、大事をとって学校休んだの。朝よりちょっとましになってきたけど……しんどいから寝とくね」

「そっか。急に電話してごめん」

「全然いいよ。声聞けてちょっと元気出た」

「よかった。ゆっくり休んで」


俺は電話を切った。試験当日に風邪をひくよりはましだろう。でもまさか、こんな状態の詩織に、今夜人工流星が降るとは言えるはずもない。みんなで行くと聞いたら寂しがるだろうし、詩織なら無理してでも来るかもしれない。あとで、洋介と真希にも口止めしておかなければ。

放課後になって、俺はしばらく教室で自習をしていた。グラウンドから聞こえてくる部活の掛け声や人の気配は、意外と心地悪くなかった。

辺りが暗くなってから、学校を出る前に、俺はふと化学準備室に寄ることにした。ここに入るのは久しぶりだった。去年まであった山波先生の立派な天体望遠鏡たちは、もうなくなっていた。先生が異動先の学校に持っていったのだろう。自分たちがここで活動していた痕跡が何一つ残っておらず、俺は懐かしい以上に寂しい気持ちになった。

人工流星が降るのは二十一時の予定だ。学校を出ると洋介から連絡が来ていて、俺は待ち合わせ場所へと向かった。

電車に乗って、二十時前に宮島口駅に着くと、駅の周辺もすっかり暗くなっていた。こんな時間でも、フェリー乗り場へ向かう道は多くの人が往来している。俺はその人の流れに乗らず、交差点を右にそれた。一つ角を曲がるだけで、一気に人気のない道に出た。それからしばらくまっすぐ歩くと、ファミリーマート宮島口店が見えてくる。そこが、洋介からの連絡にあった待ち合わせ場所だった。手前に広い駐車場があり、海を挟んだ向こうに宮島の影が浮かび上がっている。

洋介と真希は駐車場の手前の、大きなコンクリートの段に座っていた。

「おー、待ったぞー」

「ごめん。ってかなんでここが待ち合わせ場所なんじゃ？」

意外と駅から距離がある場所だった。

「人が少なくて、コンビニもあって便利じゃからな。いつでもいいロケーションを見つけ出すのが、天文部のサガじゃろ」

「どんな理由じゃ」

そんな会話をしている横には、真希がちょこんと座っている。

「りょうちゃん、久しぶりじゃね。……元気なん？」

俺も真希を見るのは少し久しぶりな気がした。去年の天文部での活動以来会っていないかもしれない。相変わらずふわふわの髪をしている。

「……久しぶりじゃな。元気にしとるよ」

良かった、と真希は安堵したように小さな声で言った。俺も少し懐かしい気持ちになった。

当時、天文部で観測する時は、いつもみんな制服の上に防寒着を着ていた。冬は上にウインドブレーカーを羽織り、女子はスカートの下にジャージを穿く。今日は深夜に観測する訳ではないので、誰も上着は着ていない。真希もスカートの下は夕イツを穿いているだけだ。

「あれ、先生は誘っとらんの？」

山波先生の姿が見えない。遅れてくるのだろうか。

「ああ、先生も声掛けたんじゃけど、今日は美星町(びせいちょう)ってとこで観測の仕事をしとるらしいわ。じゃけぇ、この三人だけじゃな」

「びせいちょう？」

初めて聞いた町の名前だった。

「美しい星の町で美星町。岡山にあるんじゃ」

「うち知っとる！　素敵な名前の町じゃなぁ。光害対策してて、夜は星がよく見えるって。うちもそっちまで行きたかったなー」

真希はコンクリートの上で体を左右に揺らし、はしゃぐように言ったが、隣の洋介は首を横に振った。

「さすがに受験生には遠いじゃろ。やけぇ、先生に話したら力になってくれた。厳島神社のクルージングが観光客向けに行われとるみたいで、それを使って海の上から観るのが、周りが真っ暗で一番いいんじゃないかって」

「そんなもん、今日はもう予約でいっぱいじゃろ」

「それがな、先生にコネがあるらしくて、天文部の生徒ってことで少人数なら乗れる船を手配してもらった」

「マジか」

「さすが先生じゃ！　船の上からとか最高！」

真希は語尾に音符が付くくらいの勢いで言った。

「とりあえずみんなで宮島に行って、そこから船に乗せてもらおう」

そう言って、洋介は段の上から勢いよく飛び降りた。

三人でフェリーの乗り場まで歩いていくと、観光客が列をなして並んでいた。

対岸からやって来た船が到着すると、たくさんの人が順番に乗船していく。結構人が多くて、乗船するまでに時間がかかるほどだった。

「いつもこんな人多いん？」

俺は真希に尋ねた。世界遺産である、厳島神社のある島だ。国内外問わず、やって来る観光客は多いだろう。

「いや、今日は特にじゃないかな？　金曜の夜は混むこともあるけど……でも夕方五時過ぎたら商店街も全部閉まって真っ暗やけぇ」

真希の言葉には、どこか生まれ育った島への自嘲めいた響きがあった。

船には景色を楽しめるデッキと屋内の両方に席がある。観光客はみんな外に出て、いずれ姿を現す、ライトアップされた厳島神社の写真を撮ろうとカメラを抱えて準備している。俺たちは屋内の席を選び、俺が真ん中になって並んで座った。中にいる他の乗客はみんな落ち着いた様子で座っているので、おそらく地元の人たちだろう。

程なくして滑らかに船は出航し、宮島へ向かって進み出した。

「どうせ宮島に行くなら、真希はわざわざこっち来んでよかったじゃろ」

「今日は予備校行ってたんよ。まあ、帰っててもどうせ定期券持っとるし」

真希はピンク色のパスケースに入った定期券を見せてくれた。

「俺は宮島とか久しぶりじゃな――」

洋介は両手を頭の後ろで組んで、シートの背もたれに体重を預けている。

「二人とも遠足とか以来じゃろ？」

「そうかもなー。ちょっと懐かしい。ってかこのフェリーが電車より安いってすごくないか？　片道180円って」

洋介は賞賛するような口調だ。

「なかなか良心的な価格じゃな」

俺は往復分買った、二枚の切符に刻まれた数字を確認した。

「真希って、毎日このフェリーに乗って学校と往復しとるんじゃな」

ふと思い付いたように洋介が言った。

「そうじゃよ。変？」

「なんか想像できんなぁって思って。毎日船で通学って」

「それみんなに言われとる。でも慣れたら電車と変わらんけぇ。もっと遠いところから学校に来とる子もおるし」

「まぁそうじゃけど」

洋介はなんとなく納得いかないように言った。

確かに、真希は明るいし一緒にいて楽しいけれど、環境はちょっと変わっている。家は島内にあって、通学のために毎日フェリーに乗っている。しかも神社の娘だ。いろんな友達と仲がいいのに、わざわざ天文部なんてマニアックな部活に入っているところも変わっていると思う。

「ここで問題です！　宮島には鹿は約何頭いるでしょう？」

真希は人差し指を立てながら、突然明るい声を出した。

「なんじゃ急に」

「いいから、考えてみて」

なかなか難易度の高い問題である。俺は記憶の景色をたどる。鹿は結構いるはずだ。

「全然わからんな。三百頭くらいか？」

「さすがにそんなおらんじゃろ」

洋介の解答に、俺は首を傾げた。

「ぶーー。二人ともマイナス千鹿ポイントです」

「え、もっとおるんか？」

「うん。推定、六百頭とか言われとるよ」

「そんなにおるんじゃ……」

「ほとんどは山の中におるんよ。市街地に下りてくるのは、ほんの一部じゃ」

宮島も、厳島神社周辺しか知らないが、意外と面積は広いのだ。山の中で暮らしている鹿も多いということだろう。

『安全第一で運行しております……』という日本語のアナウンスが船内に流れ、その後で同じ内容のアナウンスが英語で流れ始めた。

「じゃあ第二問です」

「まだあるんか」

洋介が呆れたように言った。

「これが最後じゃけ。宮島の人口はどのくらいでしょう？」

鹿の次は人の数である。

「これも全くわからんな……。鹿の十倍くらいか？」

「そうじゃな、六千とか？」

「ぶっぶー。マイナス一万鹿ポイントです。正解は、だいたい千五百人くらいでした」

「マジか」

そして鹿ポイントは何に使われるのか。

「そうなんよ。過疎化が問題になっとるってこの前ニュースでもやっとった。観光客が年間何十万人もおるけぇ、人が少ないとは感じんけど。でもこのままなら、いずれ鹿の方が多い島になるじゃろな」

最後は、少し冗談っぽく言った。過疎化、少子化。そうしたことはどこの地方も抱えている問題だろう。出生率も下がる一方だと、俺も前にニュースで見た気がする。俺たちの社会はたくさんの課題を抱えている。

「……そういえば洋介、お母さんはええんか？」

俺は洋介に小声で言った。今の話で、ふと家族のことを思い出したのだ。

「ええんかってどういうことじゃ」

「お母さんも星好きなんじゃろ？」

確か以前そんなことを言っていた。洋介はお母さんと二人で暮らしている。ちょっと複雑な家庭なのだ。

「……仕事で忙しいじゃろな」

俺は洋介の表情に、どこか後悔の影が潜んでいるようで気になった。

「今日は流れ星観終わったら、すぐお家に帰れるなぁ」

俺と洋介の会話が聞こえていないようで、真希は島の方を見つめながら無邪気に言った。

「島の中で学校の友達と遊ぶことないけぇ珍しいなー。あ、二人とも最終フェリー逃さんようにね。電車がなくなるよりも早いから」

さすがに島に取り残されるようなことにはなりたくない。俺と洋介は強く頷いた。

宮島に渡ると、係員が切符を回収していた。厳島神社の方では、たくさんの人が集まっているようだった。みんな、厳島神社越しの流星を見ようとしているのかもしれない。写真映えもしそうだが、星の写真を綺麗に撮るのは想像以上に難しいことを、俺は知っている。

フェリーのターミナルを出てから、俺と真希は洋介の後ろについて、先生からのメールに記された場所へ向かった。海辺から桟橋が延びていて、暗闇の中、小さな船がいくつか停泊しているのが見える。

三人で桟橋へ向かって歩いていると、急に誰かに呼び止められた。

「君らが、山波さんが言っとった子たちか？」

声がした方を見ると、立っていたのは口の周りにヒゲを生やした大柄なおじさんだった。丸刈り頭に白いタオルを巻いていて、いかにも漁師という風情の人だ。きっと制服姿でこんなところを歩いていたので、気付いてくれたのだろう。

「そうです。えっと……船を出していただけるって聞いて」

おじさんの見た目がちょっと怖かったので、洋介がビビっているのがわかる。頑張れ洋介。後ろから見てるぞ。

「おう、山波さんから聞いとる。人工流星の観測じゃろ？　三人だけか？」

「はい！」

洋介は元気に返事した。

「じゃあついてきんさい。もう二十一時まで時間もあまりなさそうじゃ」

俺たちはおじさんの後ろについて歩く。風向きのせいか、潮の香りが強くなった気がする。少し歩くと、すぐに桟橋に繋がれている小さな船が見えてきた。

「これがわしの船じゃ」

船は七、八メートルくらいの長さがあり、近くで見ると意外と大きい。操舵室になっているスペースこそこぢんまりしているが、その後ろのスペースには、十分に俺たち三人が乗れる広さがあるようだった。船は波に揺られ、微かに上下している。

「すごい、かっこいい。こんな船乗るん初めてじゃ」

「おう、そうか。ほれ、飛び乗れ」

おじさんは洋介の言葉に少し表情を緩めながら、俺たちを船へ促した。

洋介は足を掛けて身軽に飛び乗った。船と陸の間に微妙に距離があって怖い。しかも辺りは船の薄暗い明かりしかない。

次に、真希が船に足を掛けた。

「きゃ！」

飛び乗ろうとした真希が、船の縁(へり)に足を引っ掛け、船の中へ頭から盛大にズッコケた。スカートがふわりとめくれる。

「お、大丈夫か？　……あれ、お前」

「もう、見んといて！」

真希はパッと立ち上がってスカートを直した。どうやら怪我はなさそうである。

「お前、真っ赤な毛糸のパンツ穿いとるんな。色気ないなー」

「アホ！」

真希は恥ずかしそうにしながら、洋介の頭をペシッと結構強めに叩いた。

俺は真希みたいにならないように、慎重に船に飛び乗った。

「こんなに観光客の多い中で、僕らだけ特別にしてもらっていいんですか？」

「これはわし個人の船じゃけ、問題ない。商売で船を出すなら申請がいるんじゃがの」

おじさんが手際よく、船を停めるビットからロープをほどき、操舵室に入ってエンジンをかけた。

夜の闇へ、船は緩やかに駆け出した。自分のすぐ足元で、波立った水面が後ろへ運ばれていく。俺たちは思わず感嘆の声を漏らした。さっき宮島に来る時に乗った大型の船とは違い、小さな船はよく揺れる。三人とも船の縁につかまってバランスをとった。

「おじさん、先生とは何の知り合いなんですか？」

エンジンの音に負けない声で、洋介が尋ねた。

「わしも星空が好きで、若い頃は山波さんとよく観測に行っとったんじゃ。いろいろ教えてもらったのう」

天体好き同士の結び付きは固いようである。潮風が想像以上に冷たくて、俺は少し身を小さくした。

「……と、この辺が良さそうじゃな」

おじさんがエンジンを停めると、辺りは急に静かになった。さらに船のライトを消すと、本当に真っ暗だ。広島市の方を見ると、全体が強い街明かりに包まれて光っていることがわかる。自分たちは普段あんなに明るいところで暮らしていたのかと、こうやって見ると思う。

「大きな船が通る時は、少しだけ波で揺れるかもな。まぁ離れとるから大丈夫じゃろ。明るいところを見ずに、暗闇に目を慣らしておきんさい。天文部なら知っとるか」

俺たちはおじさんの言う通り、明るい方を見ないようにした。星の観測前は、しっかり闇に目を慣らしておかなければならない。人間の目は明るい方にはすぐ順応するが、暗さに完全に慣れるには最大三十分かかることもあると、山波先生から教わった。

「……二十時五十八分。もうすぐだ」

洋介が腕時計で時間を確認する。

「方角はこっちでいいのね？　楽しみ」

真希が夜空を見上げ、微笑んでいる。

俺も、今か今かと夜空を見上げる。あまり見上げていると、首の後ろがちょっと痛くなってくる。だけど、下を向いてる間に始まってしまうのも悔しいので、見上げ続ける。

そしてその瞬間は、日常の延長線上にあるように、唐突に訪れた――。

夜空に、一つ目の光が輝いた。

「あ！」

真希が声を上げた。厳島神社の向こう側、何もない夜空から突然現れたその光は、弥山（みせん）の上の闇を斜めに三秒ほど切り裂いて消えた。

「見た？」

真希がこちらを見た。俺は目を合わせて頷いた。思っていたよりも、ずっとはっきり見えた。

もう一度空に視線を移すと、それはもう始まっていた。

何もないところから、次々と光が生み出され、同じ方向へと流れてゆく。

「……星が降っとる」

洋介が小さな声で言った。それからスマホのカメラを空に向けて、写真を撮り始めた。流星が現れるたびに、どこか遠くから歓声が聞こえた。

「こりゃあすげえな」

操舵室にいたおじさんも、感動して声が弾んでいる。

光のインクが空に線を描いて、そして消える。いくつもいくつも現れては、闇に吸い込まれる。

「何個、願い事叶えられるんじゃろ」

真希が、胸の前で両手を合わせながら言った。

「……すごいな」

俺は確かに感動していた。

どうしてこんなにも、感動するんだろう。

光には意味なんて何もない。

美しい花、空の色、星の輝き。どれも人を感動させるものに理由などない。理由などなくても、人の心はどうしようもなく動く。

流星が降り注ぐ。今、夜空に奇跡が惜しみなく描かれている。

人が勉強して身に付けた公式や論理なんてものは、奇跡の前では何の意味もない。

「詩織……」

俺は思った。感動した時に、いつも一番最初に浮かぶのは彼女だった。

これを、今日一緒に観られないのは残念だった。

俺は意味もなく、彼女の元へ駆け出したかった。もっとそばにいたいと言いたかった。

明日必ず、広島の大学に行くと決めたことを伝えよう。東京に行くのを迷っていたことは、わざわざ言わなくてもいいかもしれない。

ただ、これからもずっと、一緒にいるということを伝えよう。

3　夏の思い出と洋介とLOOP

――去年　夏

二年生の夏、初めての遠征に俺はかなりテンションが上がっていた。予備校の夏期講習に通う以外に、正直かなり暇だった夏休みの中で、それは最も大きなイベントだった。

長野県にある野辺山駅は、日本で最も標高の高い普通鉄道の駅ということで知られている。その近くには「国立天文台野辺山」があり、電波天文学の聖地と言われている。

その年の夏、全国の天文部の高校生が集まり、それぞれの学校で行われてきた活動の発表、情報の共有をし合うジュニアセッションと呼ばれるイベントが行われた。他の部活で言うところの大会みたいなものだ。一応、最も好奇心を刺激する発表をしたとされる学校には、賞が贈られたりもするのだ。

野辺山は広島からは非常にアクセスが悪く、俺たちは日が昇るより早く起き、新幹線に乗って名古屋まで行った。そこからいろんな高校の生徒と一緒に、大型のバスに乗って野辺山へと移動する。

そのイベントに参加する高校の多くは関東にあるようで、俺たちは数少ない西日本の高校だった。名古屋より西にある高校は、みんなまとめて同じバスに乗せられてきたということだ。

朝早くとも、新幹線に乗っている間は修学旅行気分で気持ちは高揚していた。旅の興奮もあり、普段やらないカードゲームに興じたり、窓の外の景色の移り変わりに喜んだりしていた。

そんなことで盛り上がった理由としては、いつもの四人だけじゃなかったこともも大きかった。俺たちには二人の後輩ができた。正確にはもっと多くの後輩が入部してきたのだが、人数が集まったのはやはり最初だけで、ジュニアセッションの準備が始まる夏前の頃には、その二人だけしか残っていなかった。

「りょうさんは今月、かなり運勢いいですよ」

と、占星術の本を広げながら言ったのはモナだ。モナというのはもちろんあだ名で、彼女は長い髪を真ん中で分けて、広めの額をあらわにしている。目鼻立ちがはっきりしていて、その髪型も彼女に似合っているのだが、どこか既視感があった。

「モナ・リザみたいじゃな」

と洋介が言って、その既視感の謎は解けた。かの有名な肖像画に、彼女は似ているのだ。それから程なくして彼女はモナと呼ばれるようになった。占いが好きで天文部に惹かれたという、珍しい入り口から入ってきたキャラの濃い後輩だ。

「こっちがモナ・リザで……うーん、お前はナポレオンっぽいな」

モナというあだ名に引っ張られるように、ナポレオンに似ているとされた彼は、レオンと呼ばれるようになった。色白の肌と対照的な濃い眉、そしてふっくらした頰が特徴的だった。しかしそのふっくらした頰は、常にマスクに隠されている。春から夏は花粉が多く飛ぶらしく、花粉症の彼はいつ会ってもマスクをしていた。本当にナポレオンの肖像画にそっくりなのかはよくわからないが、ともかく話の流れとは恐ろしいものだった。っていうかナポレオンってどんな顔だっけ。

レオンはモナに比べて大人しく、主張の激しいタイプではなかった。でも二人の相性はいいみたいで、部活の時以外でも、よく二人で学校内を歩いているのを見かけた。

山波先生が前の席に座り、二年生四人と一年生の二人は席を向かい合わせにして座った。モナの得意な占星術でひとしきり盛り上がり、朝から大いに笑った。が、名古屋からバスに乗った途端、全員の電源は一瞬にしてＯＦＦになった。

ぐっすり眠り、次に俺が目を開いた時には、窓の外は山の中だった。

「大自然だね」

俺が目を覚ましたのに気付いて、隣に座っていた詩織が言った。もうバスは目的地の近くまで来ていた。

到着です、というアナウンスとともに、バスは広い駐車場に着いた。学生たちがガヤガヤ騒ぎながら、順番に前からバスを降りていく。

バスから降りた瞬間、夏を忘れるくらいにひんやりとした空気が顔を包んだ。標高が高いので気温も低いのだ。見渡すと辺りは山々に囲まれていて、なだらかな稜線が、ところどころ薄い雲に覆われ霞んで見える。まさに詩織の言った通り、大自然の中だった。

「日差しがあるのに涼しい！」

真希はバスの中で固まった体を伸ばすようにして、両手を太陽に向けた。事前に俺たちは天文台のことをネットで調べてきたが、ここに天文台が造られたのは、この辺りの水蒸気量が少ないことが理由の一つだった。夏なのにジメジメしていないのも頷ける。くるくるの髪の毛が湿気レーダーになっている真希にとっては、最高の気候だろう。

俺たちは案内されるがままに、施設の入り口へと歩を進めた。まず入る前に、携帯を機内モードにする必要があった。電波が観測に影響してしまうからららしい。

施設内に入ると、広がる青い空と広大な土地の中、巨大な白いパラボラアンテナが六つ、同じ方向を向いて立っていた。それが電波望遠鏡だった。

「私、パラボラアンテナって好きなんよねぇ」

詩織が目を輝かせて言った。

「……そんなん初めて聞いたけど」

音楽が好きなのは知っていたけれど、パラボラアンテナ好きは初めて聞いた情報だった。

「言ったことなかった？　私、鉄塔とパラボラアンテナ見たらテンション上がるの」

なんだその括り。関連がありそうでなさそうだぞ。

「あ、なんかわかるかも……」

後ろから真希が言った。女子に共通すること、みたいな感じにしないでほしい。

一番奥まで行くと、特別巨大な四十五メートル電波望遠鏡が設置されていた。

「なんかラスボスみたいじゃの」

洋介の言うことも頷ける。アンテナ部分の直径が四十五メートルなので、高さはもっとあるのだろう。下まで行くとその巨大さに圧倒された。確実に人生で見た中で最も大きなパラボラアンテナだ。不思議な説得力を感じる。

「これが宇宙からの電波を観測しとるんじゃなー」

と、わかったようなことを真希が言った。が、おそらくこの天文部の誰一人、これが何を観測しているのかちゃんと理解していない。

山波先生はここに何度も来ているようで、「電波天文学っていうのはね……」と、歩きながらいろいろと解説してくれた。

「つまり、電波を利用して宇宙を観測することが目的なんだよ。普通の望遠鏡は光学望遠鏡っていう名前があって、光を放つ天体を捉えるものでしょう。でも宇宙には、光を発さないガスや塵も漂っているんだよ」

「ガスなんて、どんな望遠鏡でも見えないですもんね」

詩織が言った。

「そうだね。だけどそうした物質は、それぞれ異なる周波数の電波を放っている。それを電波望遠鏡でキャッチして解析することで、目では見ることができない、星ができる前の物質などを発見することができるんだ」

「そんなこと、最初の人はよく考え付きましたね」

俺は、そんな観測を最初に始めた人の気持ちを知りたくなった。よくもまぁ、パラボラアンテナで宇宙を観てみようと思ったものだと思う。

ひと通りの見学を終えた後、ここで働いている人たちのインタビュー映像も見せてもらった。みんな宇宙への興味が尽きないような、楽しそうな表情で研究していた。

ただ活動発表会をするだけならどこでもできる。だけど今日それがここで行われるのは、大人たちがここの様子を天文部の生徒に見せておきたかったからだろうと思う。今日集まる生徒たちの中から、未来の天文学を支える研究者が生まれるかもしれないのだ。

オリエンテーションの後、午後から活動発表会が行われた。

大きな会議室が貸し切られ、そこに学校ごとに席が割り当てられていた。俺たちは部屋の左側後方の、「廿日市中央高校」と書かれた紙が貼られた席に座った。

「天文部って結構いるんじゃね……」

詩織は辺りをキョロキョロしながら言った。

「田舎者って思われるけぇ、じっとしとけ」

「田舎者は合っとるね」

俺の注意に、詩織は可笑しそうに返事した。

「……それにしても、他の学校の子って賢そうに見えるんは何でじゃろな」

他校の生徒たちはみんな真面目そうで、賢そうに見えてくるから不思議だ。そしてどうやら、実際に賢いということを、俺たちはこの後思い知ることになったのだった。

進行役を務める先生が壇上に現れ、ジュニアセッションは始まった。これから順番に、それぞれの学校が活動の内容や、観測してきたことをプレゼンしていく。

「では初めに、白神岡高校の皆さん――」

呼ばれた学校の生徒が前にわらわらと集まり、発表を始める。今発表している高校は、日食と自然現象の関わりについてがテーマのようだ。地球と太陽の間に月が入り、日中でも夜のように暗くなる日食。太陽が昇って沈むという毎日のサイクルとは違うタイミングで夜が訪れる。その時、自然の生き物たちはどんな反応をするのかという内容だ。

冒頭から引き込まれる題材だった。俺は自分の発表のことも忘れ、聴き入っていた。その高校は、特に日食時のオジギソウの反応について観察していた。日食が来るとオジギソウは、夜になった時と同じように閉じてしまうことが判明したらしい。ステージの後ろにあるスクリーンには、閉じたオジギソウや、皆既日食の際に現れるダイヤモンドリングの写真が映されている。

他にもそこから派生して、日食にまつわる雑学なども紹介していた。日食の時にだけ観ることのできるものが他にもあって、それは、その時期の誕生日の星座だという。みんなそれぞれ、蟹座や射手座など自分の星座というものがある。通常その星座は、誕生日の日の夜に観ることはできない。なぜならその星座は、太陽と同じ時間に空に上がっているからだ。つまり、誕生日に日食が訪れた場合のみ、その日に自分の星座を観ることが可能なのだ。

そんな面白い発想の話で締めると、その高校の生徒たちはお辞儀をした。会議室は拍手に包まれる。

「……いい発表じゃったな」

と洋介が独り言のように呟いた。

生徒たちが壇上から降りると、進行役の先生が次の学校を呼び込む。

「続きまして、竜成東京高校の皆さん――」

次の高校の生徒が壇上に集まり、新たな発表が始められた。

今度の高校は、流星がラジオの電波を反射するという性質を利用して、より正確に流星の数を観測したことを発表している。流星は出現する際に、電離と呼ばれる状態を引き起こし、それにより電波を反射する特性を持つらしい。まず、そんな観測をするという発想から、天体への興味の本気度がわかる。

電波も入射角と反射角は同じである。地上から遠くの空に向かって飛んだ電波が、まるで流星という天井にぶつかったように跳ね返り、別の地域へ届くのだ。うまくやれば、電波を受信した数を数えることで、目で見るよりも正確に流星の出現回数を観測できるらしい。

「すごい現象もあるもんじゃな……」

と洋介が感心している横で、詩織と真希は少しつまらなそうにしている。

「絶対観た方が楽しいのに」

そういう問題ではない。流星を目で見ずに耳で聴くというところが面白いのだ。

……と考える一方で、俺もやはり、せっかくの流星群なんだから観ろよ、と言いたくなる気持ちもあった。

自分たちの発表の二つ前になると、俺たちは移動して発表の準備に入った。

「……完全に自信なくしたわ」

洋介が言った。俺も全く同じことを思っていた。確実に発表内容が浮いている。

もちろんそれぞれの学校で、部活への熱の入り方は違う。普通の運動部なら、実力のない学校は予選で落ちるわけだが、この大会は全ての高校が本戦に出場しているようなものである。差が出るのも仕方がない。

「大丈夫。みんなきっと楽しんで聴いてくれると思うよ」

先生だけがなぜか自信満々な様子だ。

「続きまして、廿日市中央高校の皆さん――」

俺たちは呼ばれ、不安を抱えながらも壇上に向かった。

壇上に上ると、全ての視線がこちらを刺すように向けられていた。数えきれないほどの目が光っている。不安と同時に、俺は人前に立つということの怖さを思い出していた。注目を浴びるのは苦手だった。信じられないことに、今この瞬間までそれを忘れかけていたのだ。天文部の仲間がいるという、安心感があったからだった。

前髪を整えて、深呼吸をする。俺は最初に発言する役を任されていたので、緊張しながらも、書いてきた台本を読み上げ始めた。

「……今回僕たちは、春に星空の観測会を学校で行い、そこから星空の物語に興味を持ちました」

少し声が震える。内容が小学生みたいだと思われていないだろうか。いや、大丈夫。負けてはいけない。何かあっても助けてくれるみんながいるのだ。俺は目の前のことに集中して、声を絞り出した。

「僕たちは星と物語の関係についてまとめ、考察しました。『星の動き』という事実を基に神話が語られているところに、人の心を捉える魅力があるのだと思います。

星の神話は、ローマ神話、ギリシャ神話、北欧の神話などが入り交じって矛盾が起きていることもありますが、どれが正解というようなものではありません。まずはこちらの資料をご覧ください」

スクリーンにいくつかの神話の例が映し出された。操作をしているのはモナとレオンである。ここでも、みんなが面白いと思ってくれるようなキャッチーな題材を集めたつもりだった。みんなで力を合わせて準備してきたのだ。

「例えば、有名な話ですとオリオン座とさそり座の関係があります。体が大きくて力自慢のオリオンは、やがて自分の力を過信し、横暴な態度をとるようになりました。そのオリオンを懲らしめようと、女神ヘラは、サソリをオリオンの足元に放ちました。オリオンはサソリに刺されてしまい、体に毒が回って命を落としてしまいます。なので、星になってもオリオンはサソリが怖くて、さそり座が東から上がってくるとオリオン座は急いで西へ姿を消します。このように昔の人は様々な物語を星空から想像しました」

学生たちは真剣な顔で俺の説明を聴いている。意外と反応は悪くないかもしれない。

「ではここからは、他の部員にも発表をしてもらいます」

真希にマイクを渡す。真希は「ここからは任せろ」とでも言うように頷いてみせた。

「私は、春の観測会で観た夫婦星に心を惹かれ、真っ白に輝くスピカのことを好きになりました。みなさん、夫婦星という言葉をご存知でしょうか？」

真希は明るい声で語り出した。頷いてくれる生徒もいれば、首を傾げている生徒もいる。いずれにせよ、みんないい人たちである。

「夫婦星は日本だけの呼び名で、アルクトゥールスとスピカの二つの星のことをそう呼んだそうです。アルクトゥールスが男らしい赤みのある色、スピカが真っ白な女性らしい色、というところからそう呼ばれるようになりました。私の憧れのスピカは、乙女座に属している星です。乙女座は古代ギリシャでは『麦の穂を持つ女性』として描かれています。ちょうどスピカのある位置が、麦の穂だと言われています」

私の憧れの、と言ったところが真希らしいなと思った。

画面に映した写真の星々が線で繋がれていき、乙女座が描かれる。さらにその上にわかりやすく、女性の絵が映し出された。

「今のスピカの話はギリシャ神話でしたが、なんと、日本でアルクトゥールスのことを『むぎぼし』という名で呼ぶ地方もありました。六月の刈り入れの頃に、天頂近くで黄金に輝くからと言われています。これはまるで、夫婦星が国境を越えて結ばれているみたいですね」

学生たちが真希の話に、ふんふんと小さく首を縦に動かした。

「では、スピカは真っ白なのに、なぜ麦の穂の役割なのか。それは、スピカはスパイクの語源であることに理由があります。『スピカ』は『尖ったもの』という意味があり、つまり麦の穂の先の部分ということだったんです」

画面に実際の麦の穂が映し出される。さっきまで星の写真だったので、急に植物の写真が出てくるとギャップがある。

「乙女座は一説には、正義の女神であるアストライアーであるともされています。彼女は星空のもっと大きな部分と関わりを持っています。アストライアーは昔々、人間の醜い欲望や争いに愛想を尽かし、袋にいっぱいの麦の穂を持って天に昇ろうとしました。しかし人間は悪いもので、その袋に穴を開けました。そしてその穴から麦の穂が散らばってしまい、天に着く頃にはたった一つになっていました。だから、乙女座は一つの麦の穂だけを持っていたんですね。そしてその散らばった麦の穂というのが、この季節に最も見やすい、天の川になりました。あの美しい星の川は、実は麦の穂だったということです」

天の川の写真を後ろに、真希は自慢げに語った。楽しそうである。

真希はそれから詩織にマイクを手渡し、発表の役を交代した。

「今の乙女座の話に、さらに私からは付け加えたいことがあります。乙女座は『麦の穂を持つ女性』ということで、農業の女神デメテルの姿だとする見方があります。デメテルには大神ゼウスとの間にペルセポネという娘がいましたが、その娘に恋をしたのは、なんと死の国の支配者であるハデスでした。ハデスはゼウスに頼み、ゼウスの力を借りてペルセポネを連れ去ってしまいます」

　わかりやすくなるように、家系図を画面に映し出した。急にカタカナの名前が立て続けに出てきて覚えられんじゃろ、と詩織が言ったので用意したのだ。それぞれの神様の姿を、真希がイメージでイラストに描いてくれた。デメテルはかなり美しい女性に描かれている。

「デメテルは姿を消してしまった娘を捜しますが、一向に見つかりません。そんな時に別の神様から、娘はハデスの妻にさせられ、しかもその出来事に夫であるゼウスも関わっているという話を聞きます。怒ったデメテルは空から姿を消してしまいました」

　美しい女性が、怒ってそっぽを向いているイラストが映し出された。

「農業の神様が姿を消したので、世の中は実りのない冬が続き、人間の世界は飢餓に襲われてしまいました。この事態を重く見たゼウスは、ハデスに娘を返すようにお願いします。ゼウスの頼みなら仕方がないと、ハデスはペルセポネを馬車に乗せて返すことにしました」

　詩織は透き通った声で、物語を淡々と紡いでいく。

「その時、悪巧みを思い付いたハデスは、ペルセポネに『お腹が空いたら食べてね』と、ザクロの実を渡します。ペルセポネは疑いもせずにそれを食べながら、馬車で母の元に帰ってきました。デメテルは娘が自分の元に帰ってきて大喜びしましたが、娘の手に握られたザクロの実を見て驚愕します。実は、死者の世界の食べ物を食べると、そちらで暮らさなければいけないという掟があったのでした。ペルセポネは四粒のザクロの実を食べたので、一年のうちの四ヶ月の間、死の国でハデスと暮らさなければなりません。なのでその間、娘と一緒に母のデメテル、つまり乙女座は空から姿を消すと言われています」

　画面が切り替わり、冬の星座が映し出される。そこに、乙女座の姿はない。

「もしかすると、農業の女神である乙女座が空に姿を現し続けることができたら、私たちに寒い冬は来ないのかもしれません」

　そんな詩織の冗談に、他の高校の生徒たちは小さく笑った。台本を書く時に、どうしてもこれを最後に付け足したい、と言って詩織が書いていたのが印象に残っている。「だってほら、楽しくて笑うわけだけど、逆に笑ったら楽しくもなるでしょ？星座と季節の関係だって、みんなが思ってる因果関係とは逆かもしれないよ」と詩織は真剣な顔で言っていた。

　詩織は再度、真希にマイクを渡した。

「この話に少し似ていると思った話があったので、それを一つ紹介します。実は私は、広島県の宮島にある神社で生まれ育ちました。なので、神道の歴史などにも幼い頃から触れてきましたが、みなさんは天照大神（あまてらすおおみかみ）という神様はご存知でしょうか？名前くらいは聞いたことがあるかもしれません」

広い会議室のみんなが頷くのが見える。

「乙女座のデメテルのように、天照大神も弟のスサノオに怒って、天岩戸に隠れてしまいます。太陽の神様であった天照大神がいなくなってしまったので、世の中は真っ暗になり、人間の世界は飢餓に陥ってしまいました。こちらでも、最終的に他の神様が知恵を使い、天照大神を外へと出てこさせるのですが、私はこれがデメテルの話と似ているなと思いました。さきほどのスピカの夫が『むぎぼし』と呼ばれていたこともそうですが、遠く離れたギリシャと日本の間には、何か関わりがあったのかもしれません」

何人かの生徒がノートにメモしている。自分たちの発表がメモされるなんて、どこか照れ臭い気持ちだった。

その後俺と洋介で、国によって見える星座が違うことについても発表した。北半球と南半球では、見える星座が違うのである。理系っぽく、二人で地軸の傾きや南北による違いを図で解説した。しかし話はそこから、占星術という意外な方向に舵が切られる。もし星が人の運命に影響を与えるものなら、北半球と南半球では星から受ける影響も違いますね、という少しオカルトめいた結論で締めくくった。この終わらせ方は、完全にモナの主張だった。スライドを操りながらも、彼女は自分の意見が反映されているのを聞いてほくそ笑んでいる。

しかし、天文部なんて部活を選ぶ人は、基本的にみんな懐が深いのかもしれない。

他の学校とは毛色の違う俺たちの発表でも、最後は快く温かい拍手をしてくれた。

「なぁ、意外と反応良かったよな」

「うん。意外とみんな聴いてくれてたね」

バスの後ろの席で、洋介と真希が嬉しそうに話している。

その日の宿に向かうバスの中でも、発表の興奮冷めやらぬままだった。さすがに賞などはもらえなかったが、それでも自信がなかったところに、あの大きな拍手は嬉しいものだった。

俺も自分で自分が不思議なくらいだった。あんな風に人前で話せるようになったのは、大きな成長だと思う。

「本当に、面白かったと思います」

とレオン。無表情で言うので、初対面なら本当にそう思っているのか疑うところだ。

「私はもっと、占いの話をしてもウケが良かったと思いますよー」

とモナが言って、俺たちの笑いを誘った。今回発表は基本的に二年生だけで行い、モナとレオンは台本制作の一部とスライドの操作をする役割だった。来年は好きなだけ占星術の話をしてもらおう。

ジュニアセッションの後、関東の学校の生徒たちはバスで帰途に就いた。しかし、西日本の生徒は名古屋まで行っても電車に間に合わない。なので一泊だけ、近くのペンションに宿泊することが決まっていた。スターペンションと呼ばれる、長野県と山梨県の境にあるその宿泊施設は、星好きのお兄さんが経営していて、夜はみんなで天体観測をしたり、お兄さんから星の解説を聞いたりすることができる。

ペンションに着くと、みんなで暖炉のある一階の広いスペースに集まって、施設の説明を受けた。二階にベッドのある部屋があり、それぞれグループごとに分かれて宿泊する。

「みなさん運がいいですね。夏場は雨の日が多いんですが、今日は星がよく見えそうですよ」

ペンションのお兄さんは山波先生の教え子らしい。

この辺りは星が綺麗に見えることで知られているので、このペンションに星を観に来る一般の利用客も多いようだ。世の中に天体好きはたくさんいる。その絆も強い。お兄さんと山波先生は、仲良さそうに話し合っていた。

ペンションの庭に設置されている、高さ三メートルもあるドームの中には、四十センチの大口径望遠鏡がある。順番に中に入らせてもらい、ベガ、アルタイル、デネブの夏の大三角を観測させてもらった。今どきの望遠鏡はハイテクで、日付や時間を計算し、スイッチ一つで見たい星に向かって自動でレンズの方向を合わせてくれるらしい。

自動で動く望遠鏡に、俺たちは夢中になった。夏の大三角はどれも一等星なので、肉眼でも十分明るく輝いて見えるが、望遠鏡の中ではさらに、その光の色やそれぞれの明るさの違いまではっきりと見える。

「アルクトゥールスって、こうして見ると赤色だけじゃなくて金色っぽくもありますね」

俺は接眼レンズを覗きながら、隣で望遠鏡を調節してくれているお兄さんに言った。

「綺麗な色ですよね。赤みがかった星は寿命が残り短いんですよ。もちろん、僕らよりはずっと長いですけどね」

天文部のメンバーで、代わる代わるレンズを覗かせてもらった。こんなに大きな望遠鏡で星を観るのは初めてだったので、それだけで特別な時間になった。

狭い場所でみんなで集まっても、暑いとは思わなかった。ここ最近の蒸し暑い夜のことを思うと、神様からの贈り物のように涼しい夜だった。昼間の柔らかい太陽の温もりがまだ土に残っていて、それが足の裏から伝わってくる心地がする。俺たちの声で目を覚ましたのか、遠くで一匹、蟬が鳴き始めた。なんだか自然と仲良くなれている気がした。

詩織も隣でしきりに楽しそうにしている。好きな人と一緒にこんなところに来れたことが、神様からの一番の贈り物なのかもしれないと思った。

お兄さんからの説明が終わった後、俺は一人でペンションを出て、広い庭の端にあるベンチに座っていた。ペンションから少し離れると、一帯は本当に真っ暗だった。街明かりに邪魔されないので、星が都会よりもずっと明るく見える。

俺は覚えた夏の星座を指でなぞった。星や星座の名前を知ると、夜空を見上げるのがさらに楽しくなる。あれが射手座、あれがさそり座、あれが天秤座。夏の星座は、比較的形がわかりやすい。天秤座の形をなぞっていると、この前詩織に、心はシーソーという話をしたことを思い出した。詩織は笑って、そんな暗い考え方やめてよと言っていた。

「何しとるん？」

突然本物の詩織が横から現れて、俺は思わずビクッとした。詩織はいつも足音を立てずに歩く。髪が少し濡れているのは、風呂に入ったからだろう。

「びっくりした。一人でゆっくりしとるだけじゃ。詩織は？」

「……なんか部屋におるのが勿体ないと思って」

詩織は長袖のパーカーを着ている。俺も長袖のＴシャツを着ていたが、ずっと座っているとそれでも少し肌寒く感じる。

「高校の屋上から見た星空もぶち綺麗じゃったけど、ここはもっと綺麗じゃねぇ」

詩織は俺の隣に座って、星空を見上げた。

さっきよりもはっきり見えるのは、目が暗闇に慣れたからだろう。くっきり見える夏の大三角。でもそれ以上に目を惹かれるのは、幾千もの星が連なっている天の川だ。

「詩織が発表したパートも、評判良かったな」

「うん。でもイラスト用意してて良かったぁ。あのへん、うまく説明できてるかすごい不安じゃった」

「良かったと思うよ」

「発表に向けていっぱい調べたけぇ、なんか賢くなった気がするね」

俺たちは様々な資料を読み込んで、かなりの量の星の知識を詰め込んだ。もちろん神話や物語の方に偏ってはいるが。

「私あの話、昔から好きじゃった。亡くなった人はみんな星になるって話」

「ああ、世界中、いろんな地域でそういう考え方があったみたいじゃな」

詩織は確か、出会った頃にもそんなことを言っていた気がする。

国や地域によって様々な星の言い伝えがあるが、その中でも、祖先が星になって見守っているというのは、世界中で聞かれる伝承だった。

「まだ交流のなかった世界の国々でそういう考え方がそれぞれにあったってこと

は、人間が本能的に知っとることなのかなって思うの。誰かが亡くなったその夜に、あの天の川の中に、一つ星が増える。星になって、大切な人をいつまでも見守ってる。素敵じゃない？」

「ロマンチックじゃな」

本当はガスが燃えて、光っているわけだけれど。立派な電波天文台を見学した後に申し訳ないが、そんな現実は、この美しい星空の前には何の意味も持たない。

「私思うんよ。みんなが一緒に星空を見上げることができたら、ほんまに世界が平和になるじゃろって。私たちが感じとる悲しみなんて、ちっぽけなもんじゃ」

詩織は、心からそうだと信じているような顔で言った。

「それなら喜びだってちっぽけなもんじゃない？」

「もう、また子どもみたいなこと言わないの」

茶々を入れた俺を、彼女はまたお姉さんぶった口調で叱った。ふっと微笑んで、続ける。

「星空を見とるとね、私一人が抱えとる小さな悲しみなんて忘れて、誰かと一緒にいる喜びを大切にできる気がする」

不意に、ベンチの上の俺の手に、詩織は手を重ねた。冷たい手をしていた。

「冷たいで。寒くない？」

「寒くないよ。私ね……」

詩織は何かを言いよどんでいるようだった。小さく首を振って、それからまた語り出した。

「……例えば、私はあんまり運動はできないけど、そうじゃなかったらりょうと仲良くなってなかったって思うと、それも別にいいかなって思うの。神様はそんな風に、上手くバランスをとってくれとるんじゃろ」

詩織が急に真剣な顔でそんなことを言うから、俺はなんて返せばいいのかわからなかった。

「俺も……そう思う」

俺は呟くように言った。俺も、詩織と出会っていなかったら、こんな風に心許せる仲間もできなかった。俺の顔にあざがなければ、こんな星空を観ることはなかっただろう。詩織と出会ってから、自分のことも少しだけ好きになれるようになった。今日、人前で当たり前のように発表できたこともそうだ。今までの自分なら考えられない。全部隣に、詩織がいてくれたからだった。

だけどその気持ちは、なかなか上手く言葉になってくれない。

「……悲しみも、喜びも、きっと何か理由があるんじゃろな。物事っていうのはそういうもんじゃ」

俺が頑張って絞り出した言葉は、自分でも呆れるほどに、伝えたかった気持ちから遠い場所にあった。

詩織に視線を移すと、黒い瞳と目が合った。

不思議だった。その瞳には、言葉にできなかった思いまでちゃんと伝わっているような、そんな気持ちにさせてくれる優しい光があった。俺が続けて何かを言おうとした時、すぐ後ろから甲高い声が聞こえた。

「こら――、またイチャイチャしとる！」

振り向くと、真希が庭の真ん中でこちらを指さしている。後ろで洋介が「邪魔したんなって……」と小さな声でツッコんでいる。

「イチャイチャしとらん。星観とるだけじゃ」

そう返す俺の横で、詩織は笑っている。二人の手はしっかりと繋がれたままだった。

「ねぇ、夏じゃけぇ、みんなで花火しよう」

真希の声は、まるでくすぐられているように楽しそうだ。

「こんな僻地のどこに花火が売っとるんじゃ」

俺は呆れながら言った。

「だから、持ってきたの」

真希は後ろ手に隠していた、パッケージに入ったままの花火を取り出した。

「え、お前それ丸ごと持ってきたんか」

自信満々で真希は頷いた。

「それ、パッケージから出したらもっと小さくなったのに」

洋介が冷静に言った。

「……あ、確かに」

いや、そういう問題ではないだろう。

「ってかそもそも、星空を観に来て地上で火遊びするやつがおるか」

俺はそう言うが、詩織は花火というキーワードに、とても好意的な表情をしている。

「せっかくじゃけぇ、夏らしいことやろうよ。ね、りょう」

強く手を握りながら詩織が言った。そう言われると、俺は断ることなどできるはずもない。


「まったく、女子陣には敵わんな。一人で男三人分くらいの決定権があるわ」

水の調達を頼まれた俺と洋介は、ペンションの入り口近くにある水道まで、バケツに水を汲みに向かった。モナとレオンも呼んでくると言っていた。女子二人はパッケージを開けて花火を取り出しておくらしい。

「ま、しゃーない。女は強いわ」

「お前、将来絶対尻に敷かれるのう」

天文部の仲間といる時は、こうして男二人、女二人で役割が分かれることが結構多い。だから洋介は俺のいろんなことを知っているし、俺も洋介のことを知っているつもりだった。

「うわー、めっちゃ星綺麗な。こんな時に花火なんて、ある意味冒瀆じゃな」

不意に見上げた星空に、洋介は感嘆の声を漏らした。メガネの向こうの涼しげな目が、大きく開かれている。俺はそんなことを言いながらも、大事そうにバケツを抱えている洋介の姿に苦笑した。憎まれ口を叩いても、いいやつなのだ。

「洋介はほんまに星好きじゃな。なんかきっかけあったん？」

「星好きなことに、きっかけがあるやつなんて少ないじゃろ。花が好きな人も、動物が好きな人も、好きだから好きなだけじゃ」

「……まぁ、確かにそうじゃな」

めんどくさそうに言った洋介の言葉に納得していた。俺たちはどんなことにも理由を求め過ぎるのかもしれない。

「……でも、きっかけというか、昔は単純に喜んでくれるのが嬉しかったな……」

洋介は蛇口をひねって、また夜空を見上げながら言った。水道から水がチョロチョロとこぼれ出し、バケツに溜まっていく。

「誰が？」

「ん……母親じゃ。やっぱ女は光るものとロマンチックなものが好きなんじゃろ」

洋介は頭を掻いている。以前洋介は両親が離婚していると言っていた。子どもの頃から二人で暮らしていると聞いたことがある。

「二人じゃけぇ、お母さんもいろいろ苦労したんじゃろな。運転手しとるんじゃろ?」

俺もバケツをもう一つ置いて、蛇口をひねりながら言った。手に水がかかると、思ったより冷たくて驚いた。

「そうそう、タクシーの運転手」

「なんか珍しいよな」

「珍しいのは仕事だけじゃないけぇ。離婚しとるなんて今どきよくあるかもしれんけど、そもそも父親がおらんってのはなぁ」

洋介はまるで他人事のように言った。

「……何それ?」

その言葉の意味が、俺は一瞬わからなかった。

「……父親はほんまにしょーもない男でな。子どもはできたけど結婚はしたくないって言ったらしいわ」

「……そんなこともあるんじゃな」

「そんな状況で子ども産むって、多分大変じゃったと思う。でも逆に今思うと、喧嘩ばっかりの仲悪い両親よりはマシじゃったかな。たまにそういう話聞くじゃろ?

家帰ったら喧嘩しとるとか、ＤＶとか」

「……まぁ、いろんな家庭があるよな」

　家庭にはそれぞれ事情がある。幸せそうに見える家庭でも、息苦しく思っている人もいる。

「じゃあ小さい頃に、お母さんと星観に行ったりしてたん？」

「んー、わざわざ行ったりしたことはないけど、どっか行った帰り道とかにな。俺が星の話をしたらぶち喜んでくれて、こんなんで笑ってくれるんじゃったら安いもんじゃや思って」

　いい息子だ。俺にはこんな風に、誰かのために何かに詳しくなろうとしたことがあっただろうか。

「まぁきっかけと言えばそれかもな。もし叶うなら、俺は将来天文学者になりたいって思っとる。今は趣味みたいなもんじゃけど、そういうのが研究できる大学に行きたいな」

　洋介のお母さん、こいつ、こんなこと言ってますよ。いい息子ですよ。

「りょうのきっかけは詩織じゃろ？　お前が詩織に初めて部室に連れてこられた時、挙動不審にも程があったぞ」

「いや、途中から部活に入るって緊張するじゃろが！」

　俺は洋介を精いっぱい睨みつけたが、洋介はカラカラと笑っていた。

話している間に、水がバケツから溢れ続けていた。俺たちは急いで蛇口を閉めて、なみなみと汲まれたバケツを持って庭に戻った。「遅いよー」と真希が怒っていた。二年生の夏、俺たちは自然の星々が目を細めるくらいに、地上で花火という眩しい人工の光を放った。真希が言うところの――「青春の星」というやつだったのかもしれない。

詩織も柄にもなくはしゃいでいて、俺はこんな幸せ、知らなかったと思った。

――現在

次の日の朝、俺は土曜日にもかかわらず早く目が覚めてしまった。受験生になってから、学校のない土日でも早起きする習慣が体に染み付いていていた。

朝起きても、心が少し興奮しているようだった。昨日の船の上から観た流星の景色が、まだ目の裏に焼き付いて離れない。宮島の上空を流れゆく箒星(ほうきぼし)。洋介の喜ぶ顔も、真希の感動する顔も、おじさんの驚いた表情も、まだすぐそこにあるみたいだった。人類はすごい奇跡を起こしたものだ。

起き上がってリビングまでやって来ると、那月が朝食を食べながらテレビを観ていた。彼女が休日に起きてくるなんて珍しい。どこかに出掛けるのだろうか。

「どっか行くん？」

俺はとりあえず尋ねてみた。

「……寝ぼけてんの？」

容赦のない返しだった。予想外の返答に、俺は普通の会話さえできなくなってしまったのかと焦りを覚える。よく見ると、彼女は制服を着ているようだ。学校に行くのだろうか。

『今夜は人工流星が流れます。幸運なことに天気もよく、壮麗な流星が見えることが予想されます――』

テレビからは、どこかで聞いたニュースが放送されている。目をやると、昨日と同じアナウンサーが同じことを言っている。

「何これ、録画？」

「は？　録画したニュースを朝から流すアホがおるん？」

辛辣という言葉がぴったりなことを那月は言った。

父さんと母さんはどこかに出掛けたのだろうか？　机の上にはハムのサラダとスクランブルエッグがそれぞれ小鉢に盛り付けられている。俺はとりあえずトースターに食パンを入れて、タイマーをグリッと回す。同じ時間に設定したつもりでも、なぜか食パンは焦げる時と焦げない時があるから注意しなければならない。

ギギ、と椅子を引く音がしたのでリビングを見ると、那月が立ち上がってカバンを肩に掛けている。

「じゃ、行ってきます」

昨日と同じように、那月は俺から逃げるようにして家を出ていった。

おかしい。見覚えのあることばかりが起きている。テレビでは、昨日観たのと同じレストランが紹介されている。真っ白なクロスも、火の点いていないキャンドルも見覚えがあった。それから画面はスタジオに戻った。

『花金の選択肢として、皆さんも世界初の人工流星を観るために、大切な人と夜空を見上げてみてはいかがでしょうか?』

「……花金?」

その瞬間、俺は背筋がゾクッとした。

今日は土曜日のはずだ。昨日学校の後、みんなで人工流星を観に行ったのだから。

おかしい。夢でも見ているのだろうか。

夢かどうか確かめるため、自分の頬をつまんでみた。こんな漫画みたいなこと、生まれて初めてした気がする。

痛みは感じる。ここは夢ではない。もしかして、昨日の出来事が全て夢だったのだろうか。

今日が本当に金曜日なら、学校に行かなければならない。俺は戸惑いながらも、昨日と同じ朝食を食べて、いつものように学校に向かうことにした。


俺は夢の中にでもいるような違和感に包まれていた。一時間目は英語の授業だ。先生は昨日と同じところを教えている。さすがに昨日の今日なら、授業の内容も覚えているものだ。ある一つの物語を読み込み、その中に出てくる文法の用法を学ぶ。

「この would の意味は、ここでは仮定の意味を表していますねー」と、先生が抑揚のない声で、今日も淡々と授業を進めている。

周りを見渡してみるが、クラスには誰も俺のように戸惑った顔をしているやつはいない。誰か俺と同じように、一日丸々という強烈な既視感に包まれているやつはいないのだろうか。見る限りでは、みんないつもと何も変わらない様子で過ごしているようだった。

時間通りにチャイムが鳴って、昨日と同じ一時間目が終了した。

そして、もし本当に時間が繰り返しているのであれば……。

「りょう、りょう！」

廊下側の窓のところに立っていたのは、予想通り洋介だった。彼はまたズカズカと教室に入ってきた。

「今日だよ今日、人工流星。どこに観に行こうか？　広島駅のビルのとことか、よく見えるらしいな。今日も朝、テレビでやってた」

洋介は聞いたことのあるセリフを言いながら、腕を組んでいる。

「……なんじゃ、体調悪いんか？」

俺の表情があまりにも変だったからか、洋介は昨日と違うことを言った。

「いや……大丈夫」

「それならええんじゃけど。今夜行こうな。……推薦の合格通知、来たんじゃろ？」

こいつ、またこんな姑息な真似を。

「いや……そうじゃな」

少し迷ったが、今日は素直に答えてみた。

「せっかくじゃ、今日天文部のみんなに報告したらどうじゃ？　流星の観測場所は、ちょっと山波先生にも尋ねて……」

「待て、洋介。ちょっと相談がある」

俺は洋介の話を遮った。

「……何じゃ改まって？」

「おかしいのは俺の頭かこの世界か……」

「……？」

何と説明すればいいのかわからず頭を抱えた。しかしこの場合は、はっきりと事実を伝えた方がいい。

「洋介、俺の時間がループしとる」

「……は？」

涼しげだった顔は、半分笑っているようで、半分呆気にとられているような顔になった。もう出会って三年目だが、初めて見た表情だった。

「……いや、何言っとるんじゃ」

「今日が全部昨日と同じなんじゃ。同じ日が繰り返されとる。おかしいじゃろ？」

「おかしいのはお前の頭じゃ。そんなこと言われても信じるわけないじゃろ」

洋介の反応は正しい。簡単に信じてもらえるようなことではないだろう。わかっていながらも、伝わらない歯がゆさが胸に湧き上がってくる。

「でも、全部見たことあることばっかりなんじゃ」

「ほいじゃ、なんか証拠とかはないんか？　昨日見たもんとか」

「証拠……」

俺はしばらく考えてから、昨日あったことを思い出していた。何か今日が繰り返していることの証拠となるものはないか。

「そうじゃ……非常ベルが鳴る……」

「非常ベル？」

「そうじゃ！　誤作動じゃったらしいんじゃけど、もうすぐ鳴るはず……」

ジリリリリ！

けたたましい音が鳴り響いた。洋介が意味もなく天井を見上げる。それから、俺の方を見て信じられないという顔をする。

「そしたらこの後、体育の竹中が話し出して……ちょっとキレ気味で、誤作動って放送するはず」

すぐにベルは鳴りやみ、校舎全体に放送が流れた。

『ただいまの非常ベルは誤作動です。災害等は起こっていません。繰り返します、ただいまの非常ベルは誤作動です……』

昨日と同じ、ちょっとキレ気味の声が響いた。

「……ほんまにループしとるんか？」

俺はこくりと頷いた。

「相談聞いてくれるか？」

「……もちろんじゃ」

どうやら洋介は信じてくれたようだ。どこか少し嬉しそうに見えるところが気になるが。

誰かにこんな話をしているところを聞かれたら、俺は確実に頭のおかしいやつだと思われてしまう。俺たちは放課後、誰もいなくなった教室で会って話すことにした。

「つまりこれまで、昨日と全く同じことが起こっとるってことか？」

「そうじゃ。朝やってたニュースの内容も、授業も全部昨日受けたのと全く同じじゃった。俺もまだ夢見とるみたいで現実感ないんじゃけど……」

俺は自分で言いながら、本当に変なことを言っている自覚はあった。

「ってことは、りょうは昨日、もう人工流星を観たんか？」

「うん。俺と洋介と真希の三人で観に行った」

「おおーじゃあ、今日もう一回観られるってことかぁ。なんて羨ましいやつじゃ」

洋介が呑気に言った。窓の外から野球部のランニングの声が聞こえてきた。部活が始まったようだ。

「そんなん言っとる場合か！　おかしいじゃろ。一体俺に何が起きとるんじゃ！」

俺は説明しながら、半ばパニックになっていた。昨日のことを思い出せば思い出すほど、不可解な現象が起きていることがわかる。

「ちょっと落ち着けりょう。そうじゃな……俺は一つ仮説を立てた」

洋介が何かを思い付いたようだった。俺は藁にもすがる思いで、洋介の言葉に集中した。

「どんなんじゃ？」

「ほら、俺ら去年の夏に発表したじゃろ。長野まで行ったやつ」

「天文部の活動発表会か？」

「そう。そこで話した神話の物語でもあったじゃろ。乙女座のデメテルが夜空におらんとずっと春は来ないままって。天体と時間の流れは、昔から密接に関わっとるもんじゃ。やけぇ、人工的な流星なんてものを人間が作ったから、本来の時間の流れが狂ってしまった可能性は考えられんか？」

「そんな、たかが人間が作ったもんで……」

その時ふと、以前詩織が言っていたことを思い出した。

――宇宙さん側から見ると、人工的とか気にしてないんじゃないかな。

「確かに……人間が作った流星が時間を狂わせるか……」

そう言ってから、俺は首を横に振った。

「いや、やっぱり、神話を真に受けたらいけんじゃろ」

「俺だってまだ半信半疑じゃ。でもりょうの中で時間がループしとるなんて、もう神話レベルの現象じゃ。神話みたいなことが起こっとるなら、神話みたいな話でも信じんといけんじゃろ」

「……確かに」

洋介の言うことはぶっ飛んでいるが、このおかしな状況を考えると、その可能性も捨てきれない気がしてくる。

「りょうはその人工流星を昨日既に観たんじゃろ？　なんかその時違和感はなかったか？」

「違和感……。わからんわ。普通に感動しとった」

ふむ、と洋介は眉間にシワを寄せてさらに考え込んだ。真面目に俺の力になろうとしてくれていることが伝わってくる。静かな教室に、イーチ、ニー、サーンという準備運動の伸びやかな声が外から響いてきた。

「幸運の星の下に生まれたとかいう言葉もあるじゃろ？　生き物はそれぞれ自分に対応した星があるって説じゃ。そう考えると、ほんまに人工流星に何らかの影響力があって、ただ一人りょうにだけ変な影響を及ぼしたとしても、おかしいことじゃないかもな……」

「……なるほどな」

なんとなく考えられる原因はわかってきた。それに、昨日あった特別なことと言えば、やはり人工流星しか思い当たらない。

「でも、俺はどうすればええんじゃ」

ループするなんて、もうファンタジー小説の世界だ。魔法の鍵や、失われた時の歯車でも見つけ出さなければならないのだろうか。

「多分な、りょうのループは人工流星をなんとかせんと永遠に繰り返されると思う。

そういえば神様からそういう罰を受ける神話も、調べた資料の中にあったな……。永遠に同じ時の回廊を歩かされ続ける。周りは何も変わらない同じ日が繰り返され、一人だけ年老いて死んでいく」

「……」

俺は真剣に想像してみた。俺だけが気が付けば年寄りになっていて、みんなは変わらず同じ毎日を過ごしている。かなり怖い。二日目にしてもう恐怖のどん底だ。

洋介は少し遠い目を俺に向けている。

「お前も災難じゃな……」

「他人事みたいに言うな。変なことを言うからぶち気味が悪いんじゃ！　だいたい、俺は何も罰を受けるような悪いことはしとらん」

俺は大きな声で抗議した。洋介に抗議しても仕方ないのだが。

「……まぁ、別に明日が来ないと困るってこともないんじゃないか？」

「困るわ。明日は……詩織の誕生日じゃな」

「あ……そうじゃったか」

洋介は気まずそうに言った。

そうなのだ。永遠に今日が続くのであれば、詩織の誕生日が来ることはない。俺は明日、広島の大学に行くことを、ずっとそばにいることを、ちゃんと彼女に伝えようと思っていた。そう、昨日人工流星を観て決意したのだ。

「……りょう、さっき夢見とるみたいって言ってたよな？　それなら、夢じゃ思ってちょっと試してみんか？」

「何を？」

「人工流星を止めるんじゃ」

あまりに突拍子もないことを言うので、俺は一瞬無言になった。外からカキン、と小気味いい金属バットの音が聞こえた。

「洋介……それはあまりに現実的じゃなさ過ぎる」

「そうでもせんと、りょうは永遠に同じ今日を生きることになるんじゃろ？」

「そうかもしれんけど……じゃあまず、どうやって止めるんじゃ？」

「そんなもん、電話して頼んだらええじゃろ。今日流れ星を流すのはやめてくださいって」

「絶対そんなんじゃ止まらん」

俺は呆れて、ため息をつきながら背もたれにもたれかかった。木の椅子がキイ、と鳴き声みたいな音を立てた。

「じゃあの、言う通りにせんと爆弾を爆発させるって言ったらどうじゃ？　絶対止まるじゃろな」

俺は洋介の内なる猟奇的な部分を発見し、逆に戸惑っていた。

「そんなことしてみろ、完全に犯罪者じゃ。仮に明日が来たとしても、刑務所で迎えることになるじゃろな」

「ダメか？」

　意外と真剣な顔で訊くので、どこまで本気なのかわからなくなる。

「そりゃそうじゃ！　ってかお前、昨日ぶち嬉しそうに写真撮りまくっとったぞ。流星を見上げてた他の人も歓声上げとった。そんなみんなが楽しみにしとるもんを止めるのは、絶対いけんじゃろ」

「そうかぁ……」

　どこか残念そうである。

「それなら、りょうが人工流星の力が働かんところまで逃げるってのはどうじゃ？」

「……どういうことじゃ？」

「これも去年の発表で言うとったことじゃろ。北半球と南半球では見える星座や位置が違うって。北極星は南半球ではそもそも見えんしな。じゃけぇ、星がそこで暮らす人に与える影響も違う。もちろん星占いも」

「今から飛行機乗って南半球に行くんか？　大事じゃの」

「いや、先生も言っとったが、流星は星って名前が付いとるけど、大気圏での現象じゃ。人工流星が観測できるのは、たかが直径二百キロ程度の範囲じゃろ？　そこから離れれば、きっとりょうはループから抜け出せるはずじゃ。雨に濡れたくなければ、雨の降っとらん地域まで逃げるみたいなもんじゃな」

直径二百キロ。どこが円の中心かわからないが、方向によってはここから八十キロも離れれば、人工流星の影響は受けずに済むかもしれない。南半球まで行くことに比べると、意外と現実的である。

　窓の外から、イコーゼー、と大きな野球部の掛け声が聞こえた。

　電車の四角い窓の向こうで、夕暮れの景色がスローで流れていく。ガタゴトと線路の上を走る電車の音は、今の俺の心境とは裏腹に悠長な雰囲気を醸し出している。

　俺たちはＪＲ山陽本線、岩国行きの電車のシートで揺られていた。どの方角へ行けばいいのかわからず、とりあえず山口方面へ向かう電車に乗ればいいだろうと考えたのだ。

　車内は空いていたけれど、扉の前で立っている人もいた。

「……付き合ってくれてありがとな」

　俺は隣で無言で携帯をいじっている洋介に礼を言った。俺一人で行けばいいものを、洋介は付いてきてくれたのだ。

「ええよ」

洋介は今日の人工流星を誰よりも楽しみにしていたはずなのに、変わったやつだ。少し申し訳ない気持ちになりながらも、それでも今は彼の優しさに助けられていた。

洋介は携帯をじっと見ながら、何か考え事をしているような顔をしている。俺はなんとなく、ずっと黙っていてはいけない気がして、何か話を振ろうと思った。受験生の話題と言えば、やはり進路の話だ。

「……そういえば、洋介は進路どうするん？　やっぱ去年言ってたみたいに、大学で天文学を勉強するんか？」

「いや……普通の大学に行くことに決めた」

洋介は携帯から目を離すこともなく、あっさり言った。

「なんで？　去年の夏はあんなに言ってたのに」

「あれから俺もいろいろ情報収集してな。山波先生にも相談したりして。そしたら、ほんまに専門の勉強しようと思ったら、行ける大学も結構限られてくるみたいじゃ。東京には専門の大学はあるけど、そこはとんでもなく勉強できんと難しいみたいで」

洋介は携帯から目を離して、振り返って窓の外の景色を眺め始めた。真面目な話をするのが照れ臭いのかもしれない。ほとんど沈んでしまった太陽が、空に弱い光を放っている。

「あと、天文学者は食ってくのが難しいみたいじゃ。やけぇ今の時代は、他の仕事しながら研究しとるアマチュアの天文学者が多いんじゃと。そしたら研究内容も自由に選べるし。ほら、山波先生みたいに、地学の教員しながらってのも多いみたいじゃゃ。ま、俺もそういう道もあるなって考えてな。やけぇ、大学で教職取ることなったら、学校の先生ってどんなんか教えてな？　あ……でもりょうは先生になるんはやめたんか」

　俺が東京の大学への推薦をもらったことを、唯一知っているのが洋介だ。

「いや……俺はやっぱもともと言ってた通り、広島で教育の勉強しようと思っとる」

「あれ、推薦は？」

「……蹴ろうと思う」

　そう言った俺の顔を見て「それは前代未聞じゃな……」と洋介は驚きながら呟いた。電車が駅に停車し、二人の乗客が降りていった。扉が閉まり、またゆっくりと動き出す。

「何があったんか知らんけど、まぁ、その方がりょうの家族も喜ぶかもな。俺もお前が広島にいてくれた方が楽しいわ」

　家族はそんなに関係ないけど、と俺は思いながらも曖昧に頷いた。

「俺もな、親が一人しかおらんけぇ、それもあって広島を離れることはできんわ。恩返しもせんと」

　さすが、母親思いの素敵な息子だ。

「そういえば、洋介のお母さんは星好きって言っとったよな？　今回の人工流星は一緒に観んでええんか？」

「……そうじゃな」

何気ない質問だったつもりが、どこか引っ掛かるような返事が返ってきた。思い出してみれば、昨日フェリーでお母さんのことを尋ねた時も、同じような違和感を覚えた気がする。

「何かあったん？」

「……なんも」

また、窓の向こうに目をやる。ますます怪しい。

洋介は黙って外の景色ばかりを見ている。太陽は沈み切って、空は徐々に暗くなってきていた。電車は、また次の駅で停車した。今度は降りる人も乗る人もいなかった。洋介はずっと何かを考えているようだった。

「喧嘩でもしたか？」

「……聞いてくれるか？　なんか説明するのも恥ずかしいんじゃけど」

彼は前を向いて、観念したようにしばらく目を閉じた。もちろん、と俺は言った。

それから洋介は、母親と最近何があったのか話してくれた。

電車はガタゴトと音を立て、緩やかな振動をシートに伝えている。

俺は全部聞き終えて、思わず大きなため息をついた。

「……お前が悪いわ」

「……やっぱそう思うか？　でも、なんか改まって謝れんのじゃ」

「なんでそれを先に言わんのじゃ……」

去年の夏、長野の夜空の下で話した洋介の顔が、今の洋介と重なった。本当はあんなにお母さんのことを大切に思っているくせに。

俺は居ても立ってもいられなくなって立ち上がった。

「どこ行くんじゃ？」

「次の駅で降りよう」

俺は洋介の顔も見ずに言った。

「は？　なんで？」

「お母さんに謝りに行くぞ」


二人の喧嘩の経緯はこうだった。

洋介のお母さんは、毎日遅くまで仕事をしている。昼間はたくさんの観光客を乗せ、夜は広島市内の繁華街から自宅までの長距離利用者を乗せる。最近は特に忙しいようで、仕事から家に帰っても、相当に疲れ切った様子であるらしかった。

洋介は初め、心配する気持ちで「少しは休んだら？　無理して働かんでもええ」

と言ったらしい。二人暮らしで、何かあっても頼れるのはお互いしかいない。するとお母さんは「大学進学もあるけぇ、そういうわけにはいかんよ。受験生にバイトもさせられんし」と言ったそうだ。別に深い意味を込めて言ったことではないのだろうが、その言い方が洋介には引っ掛かるところがあった。

「いや、別にそんなに俺のために頑張ってもらいたくないし」と返すと、「なんじゃその言い方。お母さんが働かんと暮らされんじゃろ」とお母さんは怒って声を荒げた。互いを思いやる気持ちから始まった会話のはずだったのに、もう止まらなかった。口論は続き、最後に洋介は言い放った。

「無理して俺のこと産むからじゃろが」

　言葉が口から離れた瞬間、洋介は既にしまったと思っていた。洋介のお母さんは「……そうじゃな」と言って、もう何も言い返してこなかった。

　それからというもの、二人の間に会話はないらしい。お互いしか、一緒に暮らす家族はいないというのに。

　俺は洋介の母親思いの性格を知っている。本当はそんなことを言うつもりはなかったはずだ。

　伝えるって難しい。不器用なやつである。

　嫌がる洋介を引っ張って、俺は次の駅で下車し、逆方向の電車で引き返すことにした。戻ってくる途中、俺はずっとダウンロードしたばかりのタクシーの配車アプリの使い方を調べていた。普段タクシーに乗ることがないので、使い方がわからなかった。しかし今どきのアプリはすごいもので、タクシー会社の気に入った運転手を指名することもできるらしい。利用者が運転手を評価することができて、その評価を見てタクシーを選ぶことも可能になっている。

「ほんまに行くん……？」

「行く。お前が一人で行けんって言うからこんな面倒なことしとるんじゃ」

洋介は申し訳なさそうに、シートに座って下を向いている。俺もさっきまでは洋介に付いてきてもらっていた立場だったのだが。

「りょう、これから戻っとると流星から逃げられんくなるぞ」

洋介は腕をまくって腕時計に目をやった。

「このタイム感ならギリギリ間に合う」

俺は携帯アプリを操作しながら言った。今広島駅へ引き返して、急いでまた電車に乗れば間に合うはずだ。

「でも……金曜の夜じゃろ？　どうせ仕事しとるわ。客乗せとるのに流れ星どころじゃないじゃろ」

「広島西タクシーじゃったな？」

「うん。でも俺が呼んでも絶対来んって」

「俺が電話する」

俺はアプリ内で、洋介の名字である「小久保」を探す。そこまで多い名字ではないので、見つけるのは難しくなかった。

「小久保響子って名前か？」

「……あったん？」

「うん。めっちゃ評価高いで」

「……まじで」

洋介はさっきまで興味なさそうにしていたくせに、身を乗り出して俺の携帯を覗き込んでいる。画面には利用者が投稿したレートが書かれてあり、洋介のお母さんはかなり評価が高いようだった。仕事ぶりが丁寧なのだろう。

「頑張っとるんじゃな……」

洋介は小さく呟いた。普段親が仕事をしている姿など、見る機会なんて滅多にないものだ。間接的にでもそれを見た洋介の言葉には、様々な感情がもつれ合っているのが感じ取れた。

手違いを避けるために、俺は予約の電話をした。「相沢」と予約名を伝え、運転手の指名をする。場所は広島駅だ。車内での通話はマナー違反だが、電車に乗っている人も少ないので、緊急ということで許してもらおう。

「はい、行き先はファミリーマート宮島口店までお願いします」

「なんでそんな場所に？」

予約をしている俺の横から、洋介が尋ねる。俺は電話を切った後に、一言言った。

「いつでもいいロケーションを見つけ出すのが、天文部のサガらしいぞ」

広島駅に着いて、駅前のロータリーでしばらく待っていると、タクシーがやって来た。

運転席から、想像していたよりもずっと若い女性が現れた。

「相沢様ですか？」

こんな高校生相手でも、丁寧な態度で応対してくれる。見た目は若いが、芯のしっかりした人のような印象を受けた。

「……はい、配車を依頼した相沢です」

俺は物怖じしないように言った。

「ありがとうございます。宮島口の方でしたよね？　どうぞ」

洋介のお母さんは、素早く後部座席の扉を開いてくれた。

「……すみません。実は、宮島口に連れていってほしいのは僕じゃないんです」

「えっと……どちら様が乗車されるのですか？」

お母さんは笑顔を崩さずに、俺に尋ねた。

「後ろにいる、僕の大切な友達を連れていってください」

お母さんは視線を後ろにずらした。そこに立っているのは、現在絶賛喧嘩中の息子だ。

俺は洋介をタクシーに押し込んでから、急いで駅へ戻った。

意外と時間がかかってしまった。さっき乗った普通電車ではもう間に合わないだろう。俺は咄嗟の判断で新幹線の切符を買い、鹿児島中央行きのさくらに飛び乗った。次の停車駅は、新山口駅である。

まさかこんな事情で、一人で新幹線に乗ることになるとは思わなかった。当然初めてのことなので、切符を買うのにも緊張した。

新幹線の座席に座ってから、やっと気持ちが落ち着いて、俺は洋介のことを思った。

お母さんにとっては青天の霹靂だろう。まさか息子がお客さんとしてやって来るなんて。洋介も洋介だ。あそこまで来て、無言でタクシーに乗り込んで、まるで「俺は無理やり連れてこられたんだ」と言わんばかりの態度でシートに座っていた。今どんな会話をしているのか心配である。

いや……心配すべきなのは俺自身の方かもしれない。流れ星は不確定なことが多い。人工流星も、計画していた範囲通りにぴったり流れるようなものではない可能性もある。

窓の外では、街の光が飛ぶように流れていく。

これは、昨日とは全く違う一日だ、と俺は思った。

同じ日が繰り返されているとしても、そこで起こる出来事は変えられるのだろう。もうこれ以上今日が繰り返されないためにも、急げ、と新幹線の尻を叩きたいくらいだった。

時刻が、昨日星が降り始めた二十一時に近づく。

俺は窓に手で囲いを作り、額をくっつけ、真っ暗な空を覗いた。

明るい星がいくつか輝いているのが見える。空の端にはオリオン座の一部が姿を見せていた。

携帯の時計が二十一時を示す。

流星は……どこにも見えない。

俺はそれからずっと注意深く夜空を眺めていたが、動く光は一つも見えなかった。方角は間違っていない。昨日はあれだけくっきりと見えた流星が、どこにも見えないのだ。

どうやら間に合ったらしい。

俺は肩に入っていた力を抜いて、背もたれに体を預けて深く呼吸をした。

これで、俺の運命は流星の影響を受けずに済むはずだ。

程なくして新幹線は新山口駅に着き、俺は下車した。ホームに降り立って、すぐに広島方面のホームに移動する。こうしてすぐに逆方向へ移動するのは、今日だけで二回目だ。もし俺を後ろからつけている人がいたら、不可解な行動をとるやつだと思うだろう。

ホームで立っていると、携帯に通知が来た。メッセージが届いている。

［仲直りできた。謝れたし、俺の思ってたこと、将来のこと、いろいろ話せた。多分俺、今日の機会を逃してたら後悔してた。りょう、ほんまにありがとう］

伝えるって難しい。だけど、伝えるって大切だ。

二人の間でどんな会話が交わされたのか、俺は知らない。

それでも、過ごすべき人と同じ時間を過ごせたのだ。間違いなどないだろう。

俺は苦労して来た道を戻り、家に帰った。今日はまるで小旅行みたいだった。向こう側で改札を出なかったとはいえ、一人で新幹線に乗ったのも初めてだったのだ。広島駅で切符を入れても改札を出ることができなかったので、駅員に正直に「新山口に行って改札を出ずに帰ってきました」と言うと、しっかり二千円ちょいの帰りの運賃も請求された。当たり前のことだが、高校生には手痛い出費である。

「ただいまー」

俺がリビングに入ると、那月が一人でテーブルに座っていた。何をするでもなく、ただぼーっと座っている。

「何しとるん？」

俺が声を掛けると、彼女はやる気のない仕草で、顔だけをこちらに向けた。

「……お兄にちょっと訊きたいことがある」

何だろう、珍しい。那月が自分から質問してくるなんて、いつぶりのことだろうか。

「男って、好きじゃない人ともデートするもんなん？」

那月は思い出したように、不満そうな顔になって言った。

「フラれたん？」

「……フラれたっていうか……私のことは妹みたいで、彼女としては見ることができないって。先に言えばいいのに」

妹よ、それはつまりフラれたのだぞ。

「一緒に流れ星観に行くとか、その時点で恋人じゃろ。何なん男って」

きっと、先輩的な人にフラれてしまったのだろう。普段は憎たらしいのに、意外と可愛いところもあるものだ。

「こっちはそんなこと言われても、簡単に受け入れられんし」

今度は今にも泣き出しそうな顔になっている。よし、ここは一つ、兄らしいところを見せよう。

「……思わせぶりな先輩もいるもんじゃな。でも那月のいいところをわかってくれて、大切にしてくれる人は他に絶対いるよ」

なかなかいい兄なのではないだろうか。俺は少し顎を上げて、頭の中のイケメンな兄らしい仕草をしてみた。

「……きも」

ちらっとこちらを見て那月は言った。なぜそうなる。

しかし、今夜は流星の下で、いろんなドラマがあったらしい。

4　秋の思い出と真希とLOOP

眩しさを感じ、俺は目を覚ました。鋭い太陽の光が顔に当たっている。朝が来たようだ。昨日は知らないうちに眠っていたらしい。

朝……。俺はハッとして、すぐさま起き上がった。

今日は、今日はちゃんと今日になっているだろうか。

俺は急いでリビングへ向かった。バンッ、と音を立てて勢いよく扉を開く。扉の先では、昨日と同じように、那月が朝食を食べながらテレビを観ていた。

「……どしたん？」

那月は俺のただならぬ様子に、ぎょっとした顔でこちらを見ている。

「……今日は何曜日じゃ？」

俺は昨日、人工流星という、時間の流れを惑わす存在から逃れることができたはずだ。地味に高い電車代を払ってまで、山口へ行ってきたのだ。

「金曜日じゃけど……」

「は!?」

まさか、また同じ日が繰り返されているのだろうか。

「……そんな訳ないじゃろ」

俺がそう言った時、テレビからアナウンサーの冷静な声が聞こえた。

『今夜は人工流星が流れます。幸運なことに天気もよく、壮麗な流星が見えることが予想されます――』

「なんで……なんでまた人工流星が……」

俺はテレビにつかみかかった。絶望感が頭を支配していた。

昨日洋介とあんなに頑張ったのに。まさか、人工流星に原因があるという仮説が間違っていたのだろうか。それとも、本当に南半球くらいまで離れないといけないのだろうか。

「ついに頭おかしくなったん……？」

那月は汚いものでも見るような目で俺を見ていた。

「い……行ってきます」

那月は文字通り、俺から逃げるようにして家を出ていった。

『花金の選択肢として、皆さんも世界初の人工流星を観るために、大切な人と夜空を見上げてみてはいかがでしょうか？』

アナウンサーがとびきりの笑顔で提案してくる。

「……なんでまた金曜なんじゃ！」

一人リビングに残された俺は、問いただすように両手でテレビを揺さぶった。

学校に行くと、また同じ授業が始まった。英語の先生は、昨日も一昨日も聞いたことを淡々と繰り返している。

「つまり、wouldという言葉はニュアンスとして、現実ではない別の世界の話をしているんですねー」

三回目ともなれば、普段なら聞き流すようなところまで頭に入ってくる。だがもうこれ以上、ピンポイントな英語の文法の勉強ばかりしているわけにはいかない。

休み時間になると、やはりまた洋介がやって来た。

「りょう、りょう！」

と声を掛け、ズカズカと教室に入ってくる。

「今日だよ今日、人工流星。どこに観に行こうか？」

「今日だよ今日、人工流星。どこに観に行こうか？」

俺はタイミングを見計らって、洋介のセリフを同時に言ってやった。

「え……エスパーか？」

気味が悪そうに洋介は後ずさる。

「この後非常ベルが鳴って、竹中先生が誤作動だってちょっとキレながら放送する」

「一体何を言っとるんじゃ……？」

洋介は、突然の俺のセリフに戸惑っているようだった。

「なぁ洋介、今日の人工流星は、お母さんと一緒に観るといい」

「……」

「喧嘩したんじゃろ？」

「……なんで知っとるん？」

「親も子どもが大きくなると、なかなかそういうのは誘いにくくなるもんじゃ。お前のお母さんは、お前が来てくれるのを待っとるから」

「……何を知っとるんか知らんけど、今の関係なら無理じゃ」

「いや、絶対上手くいく。俺は未来が見えとる。この後ほんまに非常ベルが鳴ったら信じてくれるか？」

「お前……いつの間にそんな力を……？」

洋介は驚きと戸惑いと、さらにどことなく尊敬の念が交じった視線を俺に向けている。純粋なやつだ。

「信じるか？」

「……おう」

「じゃあ自分の教室に戻って座っとけ。伝えるって難しいけど……大切なことじゃな」

洋介は首を傾げながら教室を出ていった。

間もなく非常ベルが鳴り、竹中先生の声が校舎に響いた。


昨日、洋介に相談して駄目だった俺は、次は真希に相談してみることにした。

昼休みに、真希のいるクラスを廊下の窓から覗くと、彼女は五人くらいの友達と弁当を食べているようだった。友達はみんな髪を染めていて、派手な雰囲気があるグループだった。声を掛けづらかったが、真希は廊下にいる俺と目が合うと、しばらく目をパチクリさせてから、窓際まで駆け寄ってきてくれた。

「どしたん、珍しいね。……ってか久しぶりじゃね」

俺は一昨日会っているので久しぶりではない。でも真希からすると、突然意外なやつがやって来て驚いているのだろう。

去年までは天文部で一緒に過ごす時間も長かったが、今年に入ってからは疎遠になっていた。しかし彼女なら、神社の娘ということもあるので、こうした不思議な現象に詳しいはずだ。むしろ洋介よりも、真希に相談した方が解決してくれそうな気もする。

ちょっと二人で話したいことがある、と告げると、真希は友達に断って出てきてくれた。

二人で並んで、第二校舎の化学室へと向かう。

「……元気なん？」

「うん、元気にしとる」

良かった、と真希は小さな声で言った。

誰もいないのを確認してから中に入り、俺たちはそれぞれいつもの席に座った。

　そこに真希が座っている景色に、懐かしい気持ちになりながらも、俺はこの二日間あった出来事を簡潔に話していった。

「……ループなぁ」

「そう、同じ日が繰り返されとるんじゃ」

「……そんなん言われても簡単に信じられんよ。よくできた話じゃ思うけど」

　まぁ、想像通りのリアクションである。普通こんな話を信じてくれる人などいないだろう。真希を責めることはできない。おかしいのは俺の頭か、この世界か。

「何か証拠になるようなものとかないいん？」

　当然、みんなそれを欲しがるのである。

「証拠なぁ……」

「うちしか知らんこととか」

　俺は懸命に、何か証拠になるようなことがなかったか思い出そうとした。

「うーん……真希が言っとったことじゃけど、宮島には鹿が六百頭くらいいるとか」

「そんなんただのデータじゃ。調べたら誰でもわかるじゃろ」

　確かに。なかなか手強い。

「じゃあ……えっとなぁ……」

「何？」

　思い付いたが、俺はそれを言うべきかどうかためらった。しかし、言わなければ証拠にならない。

「今日真希は……真っ赤な毛糸のパンツ穿いとるじゃろ……？」

「え？」

真希は頬を紅潮させている。

「何!?　今日うちらの間に何があるん……？」

「ち、違う！　たまたま見たんじゃ！」

俺は必死になって、その出来事の経緯を説明した。

「なんじゃ、そんなことか……」

なぜか少し落胆したように真希は言った。

「でも作り話にしてはぶち細かいし、こんな嘘ついても意味ないもんなぁ。……とりあえず信じるね。でも、なんでうちに相談してくれたん？」

「真希なら、ループから抜け出せる方法をなんか思い付かんかなと思って……。その、神様の力的なやつで解決する方法を教えてほしいんじゃ。このまま明日が来んと困るけぇ」

「うちにそんな力ないって知っとるじゃろ。でも……明日が来ないって怖いね」

「そんなことになったら、真希ならどうする？」

真希は腕を組んで、クリーム色の天井を見上げて考える。

「うーん。……でもまず、神様にお願いしてみるかも。祈禱って言うんじゃけど」

「効果あるん？」

「それは信じるかどうか次第じゃな。信じる人にはあるし、信じない人にはない」

「……なんか、神社の人の模範解答って感じじゃな」

真希の曖昧な返答に、俺は体から力が抜けるのを感じた。

「でも……一回神様にお願いしに行ってみる？　そんなに困っとるなら、うちが直接お願い伝えてあげるよ」

「……神様に？」

「うん、神様に」

真希はニコリと微笑んで、どこか誇らしそうに言った。

「お願いするって……神社で参拝する的なやつか？　二礼二拍一礼……じゃったっけ？」

「まぁそういう事なんじゃけど、そんな形式よりも、一心不乱にお願いする、その心が大切なの。でも何も気にせんでええよ。うちがちゃんとご祈禱してあげるけぇ」

俺は頭の中で、真希が巫女の姿をしてお祈りしている姿を想像した。全く似合っていなかった。

「それは、俺が神社でお願い事するのとはまた違うんか？」

「うーん、そのへんを詳しく話し出すと長くなるけぇ、簡単に言うと、神社の人は偉くなればなるほど神様の近くに行けるんじゃ。やけぇ、うちの神社ではうちのお父さんが一番神様に近いところにいる人ってことかな。でも、うちも神社の子なわけじゃから、りょうちゃんがお願いするよりは聞き入れてくれると思うよ」

仕組みはよくわからないが、俺より神様に近い場所にいる真希にお願いしてもらえるなら、より願いも叶いそうだ。

「この子の時間の流れがおかしくなってますよー、元通りにしてくださーい。ってお願いするね」

「軽い言い方じゃな……」

真希は笑っている。しかし急に、真面目な顔をして話し出した。

「神道ではね、人間より自然の方が上なんじゃ。海外では、人間が自然を支配できるって考え方もあるけどね。ともかく、時間の流れっていう本来自然の世界の中にあるものを、もう一度元に戻してもらうってことはできると思う」

「自然の方が上……」

俺は呟きながらも、人は時にそういうことを忘れているのかもしれないと思った。

「例えば、ある場所で津波の被害があったとする。これからそれを繰り返さないように、もっと大きな防波堤を造らなきゃってなるかもしれない。でも、それって人間が自然に勝とうとしとることでもあるんよ。ほんまはどんなに頑張っても、自然には勝てないんじゃけど」

「……でも、悲しいことが起こらんように、人間が知恵を出して造ったものを馬鹿にはできんじゃろ」

「そうじゃね、うちも否定はせん。でも考え方によっては、人はそんなことが起こる場所で暮らすべきじゃないのかもしれない。人間の発明もそうじゃ。便利じゃけど、それのせいで悲しいことも起こる。……結局どこにおっても悲しみは訪れるもんじゃね。うちにとっても、それに、りょうちゃんにとってはもっと……」

　何か言おうとして、真希は黙った。小さな沈黙が、化学室に漂った。

「……人工流星って不思議な感じじゃね。自然の奇跡を、人間が作っとる感じ」

　真希がその沈黙に、そっと言葉を添えるように言った。

「神道的に反対？」

「反対なんてせんよ。綺麗でみんなが感動するもんなんじゃけぇ、むしろ大賛成。神様もそんな小さいことで怒らんよ」

　そういうものか、と俺は思った。

「じゃあうち、今日は早めに帰って、清めの儀式しとるね」

「そんなんあるん？」

「神主にもいろいろあるんよ。夜の八時にうちの神社まで来れる？」

「うん。行ける」

　グーグルマップで調べれば、簡単にたどり着けるだろう。

「じゃあ、また夜にね」

真希は振り返って化学室を出ていった。

ふわふわの髪の毛のシルエットが、今日はなんだか神秘的に見えた。


学校が終わってしばらく野球部の掛け声をＢＧＭに教室で自習していた。それから俺は、最初の人工流星の日と同じように、フェリーに乗って宮島に向かった。

夜、八時前。

フェリーを降り、島の中の商店街をグーグルマップ片手に歩いていく。一昨日の真希が言っていた通り、この時間お店は全て閉まっていて、シャッターの前で鹿が何頭か座り込んでいた。山の中にいるよりも暖かいのかもしれない。

商店街を抜けると街灯も少なく、見上げると透き通った星空が見えていた。

地図上の距離から想定された時間より、ずっと時間がかかったのは、この急な上り坂のせいだった。道は舗装されているが、傾斜がかなりキツい。目的地までなんとか上り切ると、そこで真希が待っていてくれた。

彼女は神主の姿をしていた。勝手に真っ白な巫女さんのような格好を想像していたが、彼女は紺色の袴を身にまとっていた。それが想像以上にサマになっていて、ただのコスプレで着ているのとは、明らかにまとっている空気が違うように思えた。

そんな小さな感動を覚えつつも、俺はとにかく、もう体力が限界であった。

「……めっちゃ山の上じゃな。毎日こんなところから通っとるんか？」

　俺は息を切らしながら尋ねた。

「うん。ええ運動になるじゃろ。あと少しじゃ」

　これでゴールかと思ったが、真希は回れ右をして歩き出した。そこからさらに長い階段を上ったところに、その神社はあるようだった。グーグルマップで確認した時は、高低差のことまで考えていなかった。フェリーのターミナルから少し距離があるなとは思ったが、まるで甘く見ていた。

　上に着く頃には、首元が汗ばんでいた。

「これは体力つきそうじゃの」

「そうそう、だからマラソンとかは得意。本ばっかり読んどるりょうちゃんにはキツいじゃろ」

　真希は小さな門の鍵を開けて、俺を敷地内に入れてくれた。神社自体はとっくに閉まっている時間である。広い庭に人の気配はない。

「こんなとこで暮らしとるって想像つかんの……」

「まぁそうじゃろな。でもフェリー通学も、山の上も、神社の家も、全部当たり前になったら何も思わんくなる。そういうもんじゃろ？」

　俺は肯定も否定もしないまま、真希の後ろについて歩いた。

「何かを手に入れても、何かを失っても、いつかはそれが当たり前になるんよ」

意味深な言葉が、今の真希がまとっている雰囲気のせいで、説得力を持って胸に響く。

真希は賽銭箱の横を通って、拝殿へ繋がる短い階段を上っていく。普通に参拝に来た人では、ここから先へは上がれないだろう。俺は靴を脱いで、彼女の後ろに続いた。

「家族、誰もおらんの？」

「こんな時間に、境内にはおらんよ」

俺はふと、去年の文化祭の時に真希と話していたことを思い出した。

「そうじゃ……去年言ってたお兄さんの話、あれ、どうなったんじゃ？」

「ああ、連絡取れないままじゃね。きっとまだこの時間も、仕事しとるんじゃろな」

拝殿の奥へと歩を進め、真希は振り返って少し悲しそうに微笑んだ。

「あの時は、いろいろ話を聞いてくれてありがとう。うち、りょうちゃんに本当に助けられたよ」

真希の言葉で、小さな記憶の気泡たちが、水面までふわりと浮き上がってきた。

——去年　秋

二学期の数ある行事の中でも、文化祭は文化部にとって一番の見せ場である。グラウンドを使っている運動部のように、普段から活動している姿が見える部活はい い。しかし天文部をはじめとする多くの文化部は、普段どんな活動をしているのか想像しにくい。

だから、ここぞとばかりに、各文化部はこの日に活動内容をアピールする。

俺が一年生だった頃、天文部にはカメラ好きの先輩がいたこともあり、観測会で撮影した星の写真を展示するという催しが行われた。写真はとても美しく、特にシャッターを開けっ放しにして撮った、星の動きが線になって現れる写真が好評だった。その下に貼られた解説もわかりやすかったと思う。

が、俺は心の中で、文化祭で人を集めるには、これでは少し地味だと思っていた。やはり写真を展示するだけでは、軽音楽部の華やかさには敵わない。別に勝負しているわけではないのだけれど。

そこで俺たちは、今年は何か新しいことをしようと意見を出し合った。写真の展示、解説、星占いコーナー。様々な意見が出たが、俺たちはオリジナルのプラネタリウムを自作することに決めた。自分たちで作り、来場者に星を見せながら、まるで本物のプラネタリウムのように解説までする。想像の中ではかなり楽しそうな企画だったが、実際に作るとなると、それは想像以上に労力のいることだった。

プラネタリウムというものが一体どういうものか、おおよその仕組みは知っていても、作るとなると難しい。折り紙の完成形を見ても、手順がわからなければ折ることができないのと同じだ。

顧問である山波先生は、過去に他の学校でもプラネタリウムを作ったことがあるらしく、その構造を説明してくれた。俺たちはさらにネットでも作り方を検索し、見よう見まねで作業を始めた。

「こんなん……作れるか？」

不器用の世界代表選手の俺は、作業を始めた段階で不安になっていた。

「じゃありょうは材料調達とお手伝い係。あと時間あったら台本書いてて」

詩織が俺に役割を言い渡す。幸い他のメンバーたちはみんな器用の世界代表選手だったようで、俺には想像もできないゴールに向かって作業を進めていく。

様々なプラネタリウムがある中でも、俺たちはエアドーム式のものを採用した。人が十人から十五人入れる、天井の丸いテントのような空間を作り、その天井に向かってプラネタリウムを投影するのだ。

俺はせめて役に立てればと思い、作り方の手順をまとめていた。

まずはベニヤで壁部分の枠組みを立てて、模造紙で天井部分を覆う。枠組みの部分には来場者が入るための扉を設ける。そしてその逆サイドに風を送り込むための穴を開け、ベニヤで作った筒状のダクトを取り付ける。ダクトに大きな扇風機で風を送り込めば、模造紙が膨らんで丸い天井が完成し、そこに中から先生の持っているプラネタリウムを投影すれば完成だ。中には背の低い椅子を並べておき、来場者に座ってもらって、見上げると綺麗な星空が広がっているという仕組みである。

学祭二週間前からは毎日部室に集まって、俺たちは試行錯誤をしながら工作を続けた。途中まで作って、準備室にそれを預けて帰る日々が続いた。

詩織に「台本書いてて」と言われた俺は、どんな内容にするのが面白いのだろうと考えていた。夏の大会の時は、星座の神話が好評だった。今回はそんな神話のエピソードを織り交ぜながら、秋の星座を解説するのがいいのではないだろうかと思った。

暇な授業の時間を利用して、俺は盛り込みたい項目を箇条書きにしながら、仮の台本を書き上げた。そしてそれを、最初に詩織に読んでもらうことにした。

昼休みに詩織を誘って、二人で化学室へ向かった。

廊下を歩くと、今の季節は制服の上にカーディガンを羽織っている女子生徒が多い。詩織もそうで、今日は落ち着いた紺色のカーディガンを着ていた。去年も思ったことだが、詩織は誰よりもカーディガンの似合う女の子だと思う。ベストカーディガニストなんて賞があれば、確実に詩織が選ばれるはずだ。

化学室に入り、隅に積んである山波先生の私物の、星に関する資料を机の上に並べる。その前で、二人で弁当を食べながら話すことにした。

俺から台本を渡された詩織は、卵焼きをもぐもぐしながら、台本に目を通していく。

「そうじゃなぁ。今回は夏の時と違って、天文部の人だけが聴きに来てくれるわけじゃないけぇ、もっとわかりやすい内容の方がいいと思う」

詩織は最後まで読んで、俺に台本を突き返しながら言った。新人作家の原稿を読む編集者って、こんな感じなのかなと思った。

「でもせっかくなんじゃから、自分たちが好きで調べたことをちゃんと伝えんと」

俺は反論した。夏の大会の時に話したさそり座とオリオン座の話など、つかみには良いと思っていたからだ。

「でもこのさそり座とか、天文部じゃない人はよく知らないと思うし」

しっかりそこを否定された。

「……じゃけぇ、それを知ってもらうためのプラネタリウムじゃろ」

「んー、気持ちはわかるけど、楽しんでもらえんかったら意味ないし」

「……じゃあどんなんがいいんじゃ」

意見がぶつかると、大体俺が折れる。折れつつ、俺は腕を組んで、態度でちょっとだけ不満を伝える。

「神話よりも、もっと基本的な星の話に興味持ってくれる人が多いんじゃないかな」

「例えば？」

俺は少しだけ、言葉に不機嫌さを込めて尋ねた。

「例えば……」

詩織は机の上にある、まん丸な月が表紙の本に目を移した。

「……地球から月が、どのくらい離れてるかとか。歩いていくと何年かかるかとか……。そういうのはどうじゃろ？」

「……面白そうじゃな」

確かに詩織の言う通り、それなら誰でも興味を惹かれることかもしれない。

「実際どのくらいかかるのか、私も知ってるわけじゃないけど……」

「計算してみる」

俺は携帯をポケットから取り出し、月と地球の距離を検索した。どうやら三十八万キロの距離があるらしい。そして今度は、人の歩く速度の平均を調べる。平均時速は四キロらしい。一日は二十四時間。一年は三百六十五日。それらを計算すると……。

「お、約十一年かかるみたいじゃや」

画面に出た数字を見ながら俺は言った。

「しかも、寝ずに歩いてじゃろ？　実際はもっとかかるね」

「そうじゃな。月でこんなにかかるもんなんじゃな……」

月は地球の衛星なので、他のどんな天体と比べても地球から近いはずなのだが。

「あ、そうじゃ！　スピカってどのくらい離れとるんじゃろ？　真希の憧れの星」

「調べてみる」

今度はスピカと地球の距離を検索して調べる。

「二百六十光年離れとるらしいわ……。光の速さで二百六十年かかる距離ってことじゃな」

「それじゃ、私が一生歩き続けてもたどり着けんね」

詩織は少し残念そうだ。

「んー、百万回生きた詩織ならたどり着けるかも」

俺の冗談に、詩織は笑みを浮かべた。

「私、猫じゃないから百万回も生きられん」

猫でも、大抵百万回は生きられないわけだが。

「あ、でも、真希がスピカなら、私はそれでも会いに行きたいな」

「百万回、宇宙を泳ぎ続けるとしても？」

「大切な人のためなら」

本当にやってのけそうな顔をしてから、詩織は小さな弁当箱からご飯を口に運んだ。

「あ！　そうじゃ、もっと近くの星見つけた！」

「何？」

「流れ星じゃ！　流れ星なら、大気圏って言ってたじゃろ？　月よりももっと近い！」

すごい発見をしたように、詩織は言った。

「いや、流れ星は厳密には星じゃないじゃろ。しかも一瞬で消えるし」

「でも、何度でも現れるよ。私は流れ星になってみたいかも。みんなを楽しませられるし。私が流れ星になったら、りょうは見逃さないでね」

なぜか星になることが前提となっている。

「……ともかく、普通に見えとる星の距離がとんでもなく遠いってことを台本に入れることにしよっか」

「うん、いいと思う」

「って言うか、ここからはこれを基に詩織が書いてくれても……」

そう俺が言いかけると、被せるように詩織が付け加えた。

「遠い星から見たら、こんな近くにいるりょうと私の距離はゼロみたいなもんじゃな。同じ物体じゃ」

「……同じ物体は言い過ぎじゃろ」

詩織は小さく微笑んでから、持っていた弁当箱を机の上に置いた。そして、不意にすっと立ち上がる。

「はい」

そう言って、彼女は座っている俺に正面から抱き付いた。突然詩織の髪の甘い匂いに包まれ、俺は一瞬体を固くした。

「同じ物体じゃ」

「……ずるくない？」

詩織は何も言わずに、俺の首元に顔をうずめている。俺もゆっくりと、彼女の背中に手を回した。詩織の体温が、カーディガンの上からでもしっかり伝わってくる。

「二つのものは、一つにはならん」

俺は小さく呟いた。詩織と出会ってから思う。どんなに好きだと思っても、どんなに一つになりたいと願っても、人はそれぞれ違う生き物なのだ。

それが歯がゆくて、切なくて、だけど全てが哀しいわけじゃなくて。

「でも心なら、二つ重なることもあるじゃろ？」

詩織らしい言葉だった。

「……そうじゃな」

「……台本、書き直せる？」

「うん」
もしかして、そうさせるための作戦だったのかと後から一瞬思ったが、その考えはすぐに頭から捨てておいた。

台本が完成しても、それで終わりではない。今度は実際に台本を声に出して読んで、星座を紹介する練習が必要だ。

それは本番まであと数日となった頃、俺が部室で一人、星の解説の練習をしている時だった。真希が、プラネタリウムを少し手直ししたいから手伝ってほしいと言ってきた。模造紙がうまく貼り合わされていない端の方が、空気を送り込んだ時に綺麗に膨らまなくなっていたのだ。

手伝うと言っても、俺は真希の作業をほとんど眺めているくらいしかできなかったが、見ていると、彼女はハサミやカッターを使う手際が妙に良い。

「なんか慣れてるな。工作得意なん？」

自分にはできないことなので、その手さばきにちょっと見とれてしまっていた。

そういえば、夏にも発表の時に神様の絵を上手に描いてくれていた。乙女座のデメテルだけ、妙に美人に描かれていたやつだ。

「紙垂作るので慣れとるから」

「しで？」

「そう紙垂。神社で雷みたいなギザギザの白い紙、見たことない？　ご神木とかに巻かれてたりするじゃろ」

「おおー、あれ紙垂って言うんか」

「おおぬさにも使われとるやつじゃ」

「……おおぬさ？」

「修祓（しゅばつ）に使われるやつ」

　しゅばつ？　話せば話すほどわからない言葉が増えていく。真希は今どきの女子高生に見えて、やはりしっかりと神社の娘なのだ。

「修祓はお祓いみたいな感じ。こうやって、紙垂の付いた棒を振るじゃろ。あれのことをおおぬさって呼ぶんじゃ」

　ポカンとしている俺に、真希は棒を両手で振る仕草をしながら丁寧に説明した。

「おおぬさは漢字で書いたら大麻になるんじゃ。うちの罰当たりな兄は『マリファナスティック――！』とか言ってたなぁ」

「それはまさに罰当たりじゃな」

　神職とはいえ、意外とお茶目な人も多いのかもしれない。

「ってか、紙垂とかも手作りなんじゃな」

「そらそうじゃ。カッターでぴーって切って作っとる」

「なんか真希が作っとると思うとご利益なさそうじゃな」

　失礼だが、素直になんとなくそう思う。

「関係ないし！　ちゃんと神主さんが祈禱してくれとるから大丈夫。大和言葉っていう特別な言葉でね」

「そういうもんか」

　真希は立ち上がって、サイズ調整ができた模造紙をベニヤに貼る。

「ほい、そっちしっかり持ってて」

「ん」

　俺が模造紙を手で押さえ、真希がそこをガムテープで貼り合わせていく。黒のガムテープにしたのは正解だった。茶色にすると、見栄えが良くなかっただろう。

「当日上手くいくといいなぁ。ちょっと緊張するね」

「神様にお願いしといいて」

「そんなんに神様使わんよ。でも無事終わりますように、とはお祈りしよかな」

　真希はしゃがんで、ベニヤと模造紙が貼り合わされた部分を確かめながら微笑んだ。

「でも、他にももっとお願いしたいことあるなぁ。神様でもどうにもならんようなことじゃけど」

「何それ？」

「……りょうちゃん妹いたじゃろ？」

「いるけど」

関係が良好とは言えないが、いるにはいる。

「ちょっと相談乗ってくれん？」

彼女はしゃがんだまま、上目遣いでそう言った。


扇風機のスイッチをオンにして、俺と真希はプラネタリウムの中に入った。音を立てて風が送り込まれると、プラネタリウムの天井は丸く膨らんだ。さっき直したところは、中から見ても綺麗に膨らむようになっている。

本当にプラネタリウムの星を綺麗に見ようと思うと、窓にしっかり暗幕を貼って、外を真っ暗にしなければならない。それでも、試しに俺はプラネタリウムのスイッチをオンにした。模造紙の天井にうっすらと光の粒が浮かび上がる。かろうじて、いくつかの星座がわかるくらいだった。

二人は低い椅子に並んで座った。

「外が明るくても、映るには映るんじゃねぇ。星座、繋がっとるのわかる」

真希が淡い星空を見上げながら言った。

「そうじゃな」

「星座って星同士が繋がっとるけど、それを見とる人と人を繋ぐもんじゃとも思うなぁ。離れてても同じ星を見上げたり、星の話題ができるじゃろ？　うちは天文部でよかった」

薄明かりの中、真希はそんなことを言いながらも、どこか悲しそうに見えた。それも無理もない、彼女の抱えていた問題は、彼女の意思でどうにかできるようなことではなかったのだ。

真希はゆっくりと話し出す。相談の内容は、家族のことだった。

彼女には二人の兄がいる。真希は三人きょうだいで一番下の妹なのだ。

多くの神社が世襲制であり、伝統のある田舎の神社なんかはなおさらそうである。もちろん真希のところも長男である上の兄が将来神社を継ぐ予定で、兄はその準備のために、東京にある神道の大学に行っている。弟の方は、昔から兄が継ぐと思っていたので、もともと神社を継ぐという心構えがなかったそうだ。神社の作法などにも何一つ興味を示さず、両親も彼が次男であることを理由に、それも仕方がないかと許していたそうだ。

そんな時に、来年大学を卒業する長兄が、神社を継ぐことをはっきり嫌だと言い出したのだ。こんな田舎の神社で、一生を終えるようなことはしたくないと言ったらしい。東京で様々な人やモノと出会う中で、気持ちの変化があったのだろう。

家族が誰もやらないのであれば、神社を運営していくことは難しい。田舎の小さな神社は、経済的な面でも運営が大変だそうだ。

「真希は神主やらんの？」

「そういうことになる可能性はあるけど、うちだって心構えがあったわけじゃない
から困るよ。誰でもあの格好したら神主になれるってわけじゃないけぇ」

「修行とかがあるんか？」

「まず資格がいるんじゃ。三重とか東京にある大学に行って、資格取らんといけん。

上のお兄ちゃんが行っとるのも、そういうところなんじゃ」

「資格……神職に資格がいるんか……」

「うん。歴史的には、戦後からそうなったのかな。日本が戦争で負けてから、そう
いう制度が整えられたんよ。それまでは全部代々の世襲で大丈夫じゃったけど。政
教分離って言葉も聞いたことあるじゃろ？　結構いろいろ決まりはあるの」

　自分の知らないところで、いろんな仕組みが整えられているようだ。俺は話半分
でとりあえず頷いた。

「それで今週の土曜の昼に、上のお兄ちゃんと家族みんなが集まってこれからの話
し合いをするんじゃけど……大丈夫かなって思って……」

「土曜の昼？　文化祭真っ最中じゃろ」

　まさに、このプラネタリウムの低い椅子に、来場者が座っているはずだ。

「兄が土日しか時間ないって言ったんよ。それに多分、うちがその日に学校あるの

知っててそう言っとるんじゃ。うちがいたらうるさいからその日にしたみたいで」

上のお兄さんも後ろめたさがあって、真希にとやかく言われるのが嫌だったのかもしれない。

文化祭当日、空は朝から灰色の雲で覆われていて、どんよりとした天候だった。だけど天気予報によると雨は夜まで降らないそうで、外に作られた模擬店もなんとかなりそうだった。
天文部は朝早くから学校に集まって、最終確認を行った。昨日のうちに窓全体に暗幕を貼ったので、電気を消すと教室の中は真っ暗で何も見えない。こうして外の光を遮断すると、プラネタリウムの光は格段に美しく見えた。丸く膨らんだ模造紙に、星座が浮かび上がっている。
交代で解説の役と誘導の役をリハーサルし、準備ができたところで文化祭は始まった。
まだ朝の早い時間だが、プラネタリウムという物珍しさから、さっそく人が集まってきた。

　モナとレオンが懐中電灯を使って、真っ暗な教室に来場者を誘導する。設置されたプラネタリウムの入り口は、高さが一メートル程度である。屈んでもらわなければならない高さなので、頭をぶつけないよう、入り口の縁には蓄光テープを貼って見やすくした。

　ダクトから送られてくる扇風機の風で模造紙の天井は膨らんでいるが、来場者が入る時に入り口を開くと、風が抜けてしぼんでしまう。なので出入りは素早くしてもらう必要があった。中も決して広くない空間だったので、来場者にとって快適とは言い難いかもしれない。だから俺たちは、せめて星の解説を上手にすることで、来てくれた人に満足してもらおうと思っていた。今日の日のために、みんな毎日練習してきたのだ。

　プラネタリウムを解説する役は順番に回すのだが、まず最初は俺が担当することになっていた。解説の内容は、月や星と地球との距離など比較的わかりやすいものを導入として、さらにそこから今の季節にぴったりの星座の話をすることにした。しかし秋の星空は、実は他の季節に比べると少し寂しいのである。

　夜空に一等星とされている星は二十一個ある。そのうち北半球にある日本で見ることのできるものは十五個だ。季節によって見える星は変わり、最も夜空が派手に見えるのは冬で、冬の夜空には一等星が七つも輝いている。

一方で秋の夜空は、十五個のうちのたった一つしか見えない。その秋の夜空に唯一輝く一等星が、フォーマルハウトである。「秋の一つ星」とも呼ばれている。フォーマルハウトはみなみのうお座の主星である。その上にはみずがめ座が輝いていて、その水瓶から溢れる水を飲んでいる魚の姿だとされている。

この解説をする時に、真希の提案で、俺たちは鈴虫の鳴き声をBGMとして流すことにした。星の観測というのは、ただ星を眺めるということだけではない。季節と共にある自然の中で星を見上げるという、体験自体なのだ。……と山波先生が言っていた。だから俺たちは、真希の提案をさっそく実現させた。

秋の星空は確かに地味かもしれない。だけど、過ごしやすい気候の中、虫の音を聴きながら星を見上げることのできる季節は、秋以外にないのだ。

来場者のウケはなかなかいいようだった。みんな楽しそうに聴いてくれる。夏の大会の時よりも、聴いている人が「へぇー」などとリアクションをくれるので、こちらの方がやりやすい。

始まってから五組目の来場者が帰っていった時に、俺は解説の役を洋介にバトンタッチして、外の来場者を誘導する係に代わった。

「え？」

外に出ると、俺は思わず声に出してしまった。

来場者が廊下にずらーっと並んでいたのだ。想像以上の人気だった。今受付をしている詩織と真希も、とにかく忙しそうにしている。

俺たちは解説したいことを全部盛り込むようにしていたが、始まってみるとそれでは来場者が来るペースに対して、圧倒的に回転が悪いことに気が付いた。なのでいくつかの内容を削り、必ず一グループ五分以内で解説を終わらせることにした。

それでも喜ばしいことに、来場者が面白かったと感想を言ってくれているらしく、その口コミでまた人が集まってくる。学校という狭い世界では、その評判が伝わるのも早い。

嬉しい悲鳴を上げながらも、時間は嵐のように過ぎていった。


文化祭が終わった頃には全員クタクタだったが、胸の中は充実感で溢れていた。

全校集会が行われ、そこで天文部はなんと、文化部大賞という誉れある賞をもらった。集客数やアンケートでその賞は選ばれるのだが、毎年必ずと言っていいほど軽音部がもらっている。それを今年は天文部が勝ち取ったので、周りは意外なダークホースの登場に驚いていた。誰も地味な天文部が賞を取るとは想像していなかっただろう。俺たちも顔を見合わせて喜んだ。

楽しかった文化祭だが、終わってしまえば、それぞれの部活は催しの片付けをしなくてはならない。せっかく作ったプラネタリウムも、解体しなくてはいけないのだ。

　俺が片付けに行こうと廊下を歩いていると、真希が第一校舎と第二校舎の間のスペースで、一人立っているのを見掛けた。どうしたのだろうと思い、階段を下りて近づいてみると、どうやら電話をしているようだった。うつむきながら何かを話している。

　邪魔してはいけないと思い、黙って離れようとすると、彼女は電話を切って顔を上げた。俺は涙目の真希と、ちょうど目が合ってしまった。

「……家族から？」

　黙っている真希の様子から、そう察した。

「うん……」

「……話し合い、どうじゃった？」

　もう彼女の表情でその答えはわかっていたけれど、それでも俺は尋ねた。

「ん……やっぱりお兄ちゃん、神職は継がないって」

「そっか……」

　話し合いはやはり、みんなが幸せになるような結論には至らなかったらしい。そもそもそんな答えは、元から存在しなかったのかもしれない。

「でも……お兄ちゃんにもやりたいことがあるって思うと、責めることはできんなって思う」

真希は下を向いて、泣き出しそうな声で言った。

「うちはまだ、何かやりたいことがあるわけじゃないし、自分の道を選んだお兄ちゃんに何も言うことはできん。今、こうやって天文部で集まったりしとるのが楽しいだけじゃけぇ、難しいこと何もわかっとらん」

きっと、言葉になって出てきたもの以上に、たくさんの感情が彼女の中でせめぎ合っているのだろう。俺は何も言葉を返すことができなかった。

真希がまた、家族に対する思いを、スポイトから一滴の水を落とすように明かす。俺は彼女が溜め込んだ、心のダムにある大きな悩みを想像しながら、無言で頷く。それしかできない自分に無力さを感じながらも、また頷く。たとえ同じ家族でも、全てをわかり合うことはできない。俺もそう思う。共感することが、もしかすると彼女の力になるのではないかと思い、俺も自分の家族の話を少しだけする。

そんな時間がしばらく過ぎた頃、頬にポツリと冷たいものが当たった。見上げると、灰色の雲に覆われた空から、細かい秋雨が音もなく降り始めていた。

「……中に入ろっか。片付けせんとね」

真希はつっと背を向けて、校舎の中へと入っていく。

「なんかごめんね、家族の問題じゃのに……。聞いてくれてありがとう」

歩きながら、彼女は言った。感謝されても、俺はどうすればいいのかわからなかった。

「いいよ。何も力になれんけど……話聞くくらいはいつでもできるけぇ」

俺は彼女の後ろ姿を見つめて、元気づけるように言った。

二年生の秋の日だった。

雨は音も立てずに土に黒い斑点を付け、次第に全体を黒く染めていった。

――現在

「いいよ。何も力になれんかったけど……」

俺はあの日と同じようなことを言って、真希を見つめた。紺の袴をまとった真希は、暗闇の中で俺を見て、小さく微笑んだ。

俺は何も力になることができなかった。それに、真希が抱えている悲しみを、俺はずっと一緒に抱えてはいなかった。

たとえ知っていても、全く同じように感じることはできない。無責任なものだ。力になりたいと思っていたことは本当なのに、どうしてその思いを持ち続けることさえできなかったのだろう。

背を向けて拝殿の奥まで進んだ真希は、俺に向き直った。

「じゃあ、そろそろ祈禱するよ？　準備はいい？」

「準備って、何をすればいいんじゃ？」

「何も。ただ、心構えの問題。そこに座って」

「えっと……こうか？」

俺は畳の上に正座した。微かなイグサの匂いが漂っている。

「うん。それで大丈夫」

真希が姿勢を正して正面を向くと、辺りの空気が変わった気がした。冷たい空気が、さらにピンと張り詰めたようだった。

正面には木の柱、その奥に小さな階段があり、食べ物が供えられている。供え物の向こうには、装飾された壁がある。

——壁。

つまりそこに何かがあるわけではないのだ。

俺は仏教と神道の違いさえよく知らなかったが、こうして改めて考えてみると、お寺と神社は全く違う。ここには仏像もなければ、仏様もいない。ただ、姿の見えない神様がいるのだ。

真希は低い声で何かを唱え出した。これが、大和言葉というやつだろう。

俺はもう、こんな一つ一つの思考でさえも、いけないことをしているような気がしていた。神様は俺が考えていることまで、全て見えているのかもしれない。一心不乱にお願いする、その心が大切。真希が言っていたことの意味が、少しわかった気がした。

どのくらいの時間そうしていただろうか。

真希の言葉、所作、そしてこの拝殿の空気に、ただただ身を委ねていた。その神秘的な言葉や所作の一つ一つがあまりにも綺麗で、祈りというのは美しいものだと思った。

しばらくすると真希はこちらを向いて、手に持ったおぬさを俺の頭上で振った。そして最後に、正座をして深くお辞儀をした。俺も一緒にお辞儀をした。

「……これで大丈夫。神様にお願いしといたよ」

真希がニコッと笑うと、その場の空気も元に戻った。彼女は本物なんだ、と思った。

「はぁ、なんか疲れちゃった。着替えてくるね」

真希は俺が何かを言う前に立ち上がって、しばらくどこかへ行った。取り残された俺は、こんなところに本当に住んでいるんだなぁ、と的外れなことを思った。

真希は私服に着替えてきた。ロングスカートなんていうイメージに合わないものを穿いていて、それが意外と似合っている。俺は今日、彼女のギャップに驚かされっ放しである。

「何よ？」

俺の視線に気付いて、真希が怪訝そうにこちらを見る。

「いえ、何でもないです」

「なんで急に敬語なんよ」

笑いながら、彼女は俺の隣に腰を下ろした。

「……あ、今何時？」

俺はふと思い出して言った。

「えっと、二十時……五十三分」

真希は携帯の画面を見て言った。

「人工流星までもうすぐじゃ」

俺は立ち上がって、入ってきた階段の方まで歩いた。庭の向こうの夜空に、星が優しく輝いている。

「人工流星、楽しみじゃねぇ。この方角でも見える？」

「うん、見えるはず」

「りょうちゃんは昨日も観たんじゃろ？」

「観たのは昨日じゃなくて、一昨日じゃな」

昨日は新幹線に乗って、流れ星から逃げたのだ。

「そっか……。今日が最後になるとええね」

空の端には冬の星座であるふたご座が、早くも並んで輝いている。

「……ずっと上のお兄さんとは会えてないん？」

「うん。もう就職して仕事しとるし、元気に頑張っとるんじゃないかな」

「どこで暮らしとるん？」

「多分、広島市の方かな？」

「多分？」

「話し合いの時にね、そう言ってた。就職して一年目は広島で、それから東京の本社で仕事するって。でもそれも就職する前に言ってたことじゃ、正しいかどうかもわからん。もう連絡取れんの。電話しても通じんし、電話番号が合っとるのかも知らんけぇ」

もしお兄さんの言ったことが正しいなら、来年からはさらに会える確率が低くなってしまう。

「最近は電話したん？」

「最近はしてないけど……もう何回もしたよ。出てくれたことはない。東京に本社があるような会社なら、毎日遅くまで忙しいんじゃろ」

時計は二十一時を示す前だった。

「真希、今お兄さんに電話できる?」

「できるけど……今日に限って出るわけないじゃろ」

真希は諦念を表しつつ、小さくため息をついた。

俺の頭の中では、一昨日観た流れ星の景色が再生されていた。理由はわからないけれど、胸の中で何かが湧き上がってくるようだった。

「今日は人が奇跡を起こせる夜じゃ。いつもと違うことが起こるかもしれん」

「……時間がループするとか?」

「違う、そんなんじゃない。もっと、特別なことじゃ。星は人と人を繋ぐもの。違うか?」

俺は、去年の秋に真希が言っていたことを思い出していた。

二十一時、二分前。

「……電話、してみよかな」

真希は携帯を取り出して、電話番号を探し出した。

彼女はしばらく逡巡した後、目を閉じて画面に指を触れた。

耳に携帯を当てる。静かな拝殿では、コールの音が俺にも小さく聞こえる。

長い時間、コールは続いた。いつ留守電に切り替わってもおかしくなかった。

コールの音は急に途切れた。ダメだったみたいだ。

俺は自分から焚き付けて引き起こしたこの結果に、申し訳ない気持ちになっていた。

「残念じゃっ……」

「真希じゃけど。お兄ちゃん……？」

真希は電話の向こうに話し掛けた。電話は繋がったようだった。

男性の声が俺にも聞こえた。内容まではわからないが、確かに真希のお兄さんのようだった。

「仕事中なん？　今、広島おるん？」

電話の向こうで、お兄さんが何かを話している。

「そんなんええから、今、窓の外見れる？　夜空！」

短い返事が聞こえた。

「今から流星が降るんじゃ。それを観てほしくて、電話したの。今から、流星が降るから」

そう真希が言った時、唐突に現れた一つ目の光が夜空を横切った。

「始まった……」

光がイタズラで空を引っ掻いたようだった。

幾つも、幾つも、光の痕を残していく。

神社の境内から観たそれは、星たちが空の海を泳いでいるようだった。

「……綺麗じゃろ？」

真希の目尻からひとしずく、小さな光の粒が頰を伝った。

俺は二人の邪魔にならないように、靴を履いて神社の庭に出た。

山の上にいるからだろうか、流れ星は海の上からよりも大きく見えている気がした。

冷たい空気と、土を踏む靴の裏の感触。神社はあまりに静かで、まるでこの夜空を眺めているのは、世界で俺一人だけなんじゃないかと思えてくる。

俺は意味もなく両手を広げて、流れ星を迎え、抱きしめるような構えをとった。

神様にお願いした結果はどうだろう。俺には何が起こるだろう。

この美しい輝きが、誰かを不幸にするとは到底思えなかった。これは人々に喜びをもたらす輝きだ。

後ろで真希の話し声が、微かに聞こえた。もしかしたら真希のお兄さんと話したいという願いを、流れ星が前もって叶えたのではないかと思うくらいだった。


人工流星は予定されていた時間、夜空に奇跡をもたらして、止んだ。夜空は本来の静の性質を取り戻し、あるべき場所にあるべき星を輝かせている。

俺は拝殿の畳の上で、電話を終えた真希と並んで座っていた。

美味しいお茶があるということで、真希がそれを淹れてくれた。神社は毎月一日と十五日にお祭りがあるらしく、その際に神様への捧げ物となる食べ物を用意する。その捧げ物を準備するのに、いつもお世話になっている農家があるらしく、そこからいただいたお茶らしい。

俺は湯飲みに入った温かいお茶をすすりながらも、この敷地のどこにキッチンがあってリビングや寝室があるのだろうと思った。なんだかどこまで質問していいことなのかわからなくなる。

「りょうちゃん、本当にありがとう」

真希は綺麗な所作で、湯飲みに入ったお茶をすすった。

「話せた？」

「うん。家族のこととか話せたわけじゃないけど……。ただ、流れ星観てね、驚いてた。こんなん観たことないって。うち、自分が作ったものじゃないのに、なんだか誇らしくなってた」

離れていても、同じ星を観ることができる。たとえそばにいなくても、同じものについて語り合うことができる。それが星のいいところだ。

「お兄ちゃんは、ごめんってうちに謝ってた。謝られても何も変わらんのじゃけど、それでも、その言葉を聞けただけでもよかった」

その目には、またうっすらと涙が浮かんでいた。

「じゃあ、神社は将来真希が継ぐことになるん？」

「それはまだわからんかな。だって、あんまり女性に祈禱してもらうことって少ないじゃろ？　性差別の問題とかじゃなくて、男性に祈禱してもらった方が神様に届く気がするって思っとる人には、その方がやっぱりお願いが届くんよ。信じるか信じないかの問題じゃから。それに、うちはまだ何の知識も技術も、神職にふさわしい心も持っとらんけぇ……」

謙遜などではなく、事実として真希は話しているようだった。

「ま、うちの将来の仕事は置いといて、この場所で暮らしていくのは悪いことじゃないなって思うよ。自然も豊かじゃし、鹿も可愛いし。お兄ちゃんも、気が変わって帰ってくるかもしれん」

真希はごろんと畳の上に寝転んだ。

――何かを手に入れても、何かを失っても、いつかはそれが当たり前になるんよ。

その姿を見ながら、俺は彼女がさっき言った言葉を反芻していた。

真希はしっかり考えている。悲しみを受け入れて、それでも良い未来をつかむ強さがある。今日お兄さんに電話をかけたことも、内容までは知らないが、彼女が何かを変えようとしてしたことだ。

思えば昨日の洋介もそうだった。きっかけは俺が連れていったからかもしれない。だけど、洋介も自分自身このままではいけないと思って、謝ったり、考えていたことを話そうとしたりしたのだろう。

　俺は胸の中で、どこか自分一人が取り残されたような気持ちになっていた。

「りょうちゃんの明日は無事やってくるかな」

「……わからん。でも、真希が神様にお願いしてくれたんじゃろ？　将来の神主の言葉は、ちゃんと神様も受け止めてくれるじゃろ」

　俺は一度考えるのをやめて、真希の真似をして寝転んでみた。畳の上に寝転ぶなんて久しく経験していなかった。ひんやりとした柔らかい感触が心地いい。

「うん……そうならいいな。そうなったら、うちの力も本物じゃ。自信になるけぇ」

　リラックスした俺は、ふとあることを思い出して、ガバッと体を起き上がらせた。

　真希は寝転んだまま、不思議そうにこちらを見ている。

「どしたん？」

「待って……最終フェリーって何時じゃ」

「いつも通りのダイヤなら、向こうに行くフェリーは二十二時過ぎが最後じゃね」

「今何時じゃ」

「二十二時……五十分じゃな」

　真希は携帯の画面を見ながら言った。

「……帰れんな」

　やってしまった。俺は何か帰る方法はないかと考えを巡らした。

「個人でお客さんを運んどる船とかないん？　ほら、タクシーみたいに」

「そんなんないよ。それに、こんな時間に山下りていくのも危ないけぇ。今日は泊まっていったら？」

寝転んだまま、気だるそうに真希は言った。その言葉には、態度に反して微かな緊張感が含まれているようにも感じられた。

「泊まるって、ここにか？」

「うん。思ったんじゃけど、りょうちゃんがもし明日の朝まで起きてたら、次の日は確実にやってくるんじゃないかな？」

何という離れ業。神社の子とは思えないズル賢さである。

「……それはいいアイデアかもな」

自分のアイデアを受け入れた俺を見て、真希はニコリと微笑んだ。

「でも……真希は大丈夫なん？　いくら同じ部活の同級生でも……一応男じゃし。家に泊めるってなると怒られんか？」

「うち広いし、家族は全然問題ないよ」

「……そっか」

寝転んでいる真希のスカートの裾が少しめくれていて、白い脚が奥までちらっと見えた。

俺の視線に気付いたのか、真希は体を起こして、手でスカートを整えた。

「詩織には怒られちゃうかもね」

こちらを見て、いたずらっぽい表情で真希は言った。

「いや……事情話したらわかってくれるじゃろ。フェリーがないと帰れんから……」

真希は俺の言葉に、しばらく迷うような素振りで畳を見つめていた。

「……うちもね、りょうちゃんのこと好きじゃったよ」

「……は？」

不意に言われ、俺は驚いて真希の顔を見た。

優しい表情でこちらを見ている。

「……冗談はよせって」

「冗談じゃないけぇ」

真希は少し頬を膨らました。

「詩織と仲良くしとるん、悔しいって思ったことあったもん。それに、りょうちゃんのことをちゃんとわかってあげられるの、うちだけじゃ」

まさか、本気で言っているのだろうか。

それから今度は、くるっと冗談っぽい顔つきになった。

「人と人を繋ぐ、特別な夜じゃろ？」

そう言いながら、真希は両手を突いて、猫のように俺に迫ってくる。

こいつ、神聖な神社の中で一体何をしているんだ。

「何で逃げるん？」

「いや……なんか怖いじゃろ！」

俺は座ったまま真希から逃げるように後ずさった。畳を一畳、また一畳と越えて後ろへ下がっていく。

「危ない！　後ろ階段！」

真希が叫んだ時、俺の手は、空中の存在しない畳に体重をかけていた。

そのまま後ろ向きに、俺は階段を転げ落ちた。

5　冬の思い出と詩織とLOOP

眩しさで目を覚ました。また朝がやって来たようだ。

ここは……どこだ？　昨日の記憶が曖昧だ。確か俺は、真希の家に行って……。

しかしどうやらここは、自分の部屋である。いつものベッドの上にいて、向こう側の本棚には、見慣れた小説が並んでいる。

徐々に記憶がはっきりしてきた。しかしはっきりすればするほど、どうやって自分の家に帰ってきたのかが不思議になる。フェリーの最終便はもうなかったはずだ。

まさか。

確か階段から落ちて……。

俺は起き上がってリビングへ向かった。

扉を開くと、昨日と同じように、那月が朝食を食べながらテレビを観ていた。

「またか……」

「何よ？」

那月がこちらに怪訝そうな顔を向けている。

『今夜は人工流星が流れます。幸運なことに天気もよく、壮麗な流星が見えることが予想されます――』

テレビからは、もう既に聞き飽きた言葉が聞こえてくる。この後広島市内のレストランが紹介されるのだ。

どうやらまた、新しい明日は来なかったらしい。半分諦めにも似た気持ちが湧き上がってきた。何度この日を繰り返せばいいのだろう。人工流星から離れても、神様にお願いしてもダメだったのだ。

　俺はもう昨日のように取り乱すこともなく、逆に冷静に物事を考え始めた。せっかく今日起こることを知っているのだ。那月にも何か言ってあげよう。

「那月、今日先輩と一緒に人工流星を観に行くんじゃろ？」

　俺はキッチンに入って、食パンをトースターに突っ込みながら言った。

「え？」

　那月は信じられない、という顔でこちらを見ている。

「それなんじゃけどな、なんか……その先輩っていうのは……」

　那月の顔が既に、何よ、と言っている。

「……那月には気がないらしいわ」

「なんでそんなん知っとるん!?　ってかお兄には関係ないし」

「那月、受け入れんといけんことってあるじゃろ」

「……誰から聞いたんか知らんけど、邪魔せんとって！　行ってきます」

　那月は不機嫌そうに立ち上がって、バンッ、と扉を閉めてリビングから出ていった。

　悲しい現実を受け入れることは難しい。逆効果だっただろうか。乙女心を軽く見てはいけない。あの頃の年齢は、好きな人が全てである。

好きな人が全て……。俺も、人のことは言えないのかもしれないが。

学校に着いてからも、また同じ出来事の繰り返しだった。授業の内容も、聞こえてくる会話も同じだ。それでも、俺の行動によって全く同じ一日になるわけではないことは、もう昨日と一昨日で証明されている。きっとどこかに、ループを抜け出すためのヒントがあるはずなのだ。

今日俺が何をするにしても、洋介と真希を放っておくことはできない。最初の休み時間、流星を観に行こうと誘う洋介に、俺は昨日と同じように未来予知を見せつけながら、お母さんに謝ることを勧めた。

昼休みには、また真希に会いに行った。彼女のクラスの教室まで行って呼び出す。昨日のことを知っている俺は、真希の姿を見ると、照れて顔が赤くなってしまいそうだった。昨日の告白はどこまで本気だったのだろうか……。しかしそんなことを、今日の真希に訊けるはずもない。俺は落ち着いて事情を話し、流星が降り始める時間に、間違いなく上のお兄さんに電話をすることを約束させた。

「わかった……。りょうちゃんの言うこと、信じてみる」

真希は真剣な表情でこちらを見ていた。本当に昨日のことは何も知らないようだった。

こうして俺の記憶だけがなくなっていないところを思うと、俺だけが永遠に今日を繰り返すという洋介の冗談も、少しずつ現実味を帯びてきている。自分だけ年老いていってしまうのだろうか、と残酷な未来を思った。

このままずっと明日が来なければ、これからも広島で過ごすことを詩織に伝えられず、俺の決心は形にできないまま宙ぶらりんだ。

詩織……。

しばらく会ってないような気持ちになっていた。この三日間が濃過ぎたせいだ。

今日も風邪をひいたという連絡が彼女から来ていた。

そういえば、最初の日に詩織に電話をかけた時、昼には随分体調がましになったと言っていたはずだ。

……詩織に相談してみるか。

気は進まないが、俺は放課後に電話してみることにした。

「ごめん、起きてた？」

しばらくコールして、電話は繋がった。

「うん、大丈夫。朝よりも楽になっとるよ」

思ったより元気そうな声なので、俺は安心した。

「ちょっと話したいことあるけぇ、聞いてくれるか？」

「うん。どしたん？」

風邪とはいえ、日常を過ごしている詩織にとって、俺の話すことはあまりに突飛過ぎるだろう。どう話しても不自然になってしまう。しかし話さないわけにもいかない。ずっと今日という日が繰り返されていることを、俺は順序立てて彼女に伝えた。

信じてもらえるはずがない。そう思っていたが、詩織は意外にもすぐに、俺の言っていることを受け入れてくれた。

「……そうなんじゃ」

証拠を要求することもなく、彼女は言った。

「ほいじゃ、もしかしたら、まだ何日も今日が繰り返される可能性があるってことじゃろ？」

「うん。そうかもしれん」

「……それなら、今日は私と一緒に人工流星を観に行ってくれる？」

意外な提案を、彼女はした。

「体調は大丈夫なん？」

「もう元気だよ、大丈夫。ってか、最初の日は私に黙って行ったってことじゃろ？」

恨めしそうな口調で詩織は言った。口を尖らせている表情が見えるようだった。

「で、でも、それは詩織が知ったら無理して来るかもしれんって思って」

「行くよ。だって私、天文部やけぇ。そんなん見逃したら後悔する。絶対行く」

詩織の口調には、意志の強さが感じられた。

「ね、せっかくじゃけぇ、去年一緒に星を観たところでまた観たい」

去年一緒に星を観たところ。どこのことだろうか。

「……長野？」

「違うよ、遠過ぎじゃ。高校の、屋上！」

それは去年の春に行われた、お泊まり会の話だった。

暗闇の廊下に、赤い非常灯だけが鈍い光を放っていた。冷たい空気に、俺の足音だけが硬く響く。
俺は一度家に帰って、鞄だけ置いてこうしてまた学校にやって来た。さすがにこの時間まで、校内で隠れているわけにもいかない。
「夜の学校、ちょっと久しぶりじゃな——」
詩織は鈴を鳴らしたような声で言った。俺の前を歩きながら、制服姿の彼女はまるでここに来ること自体が久しぶりなように、キョロキョロしている。

二十時半。学校に残っている先生もいないようだった。

「一・二年生の頃は、お泊まり会してたな」

「うん。でも今日は先生もおらんし、こっそりじゃけぇ、ドキドキするね」

サラサラと流れる髪を揺らしながら、詩織は嬉しそうに歩く。しかし、今日ばっかりは完全に不法侵入なので、見つかってしまうと思いきり怒られてしまうだろう。学校に入ってくるのも一苦労だった。門を乗り越えるなんてことを、自分ができるとは信じられなかった。俺は内心ビクビクしていたが、詩織はそれさえも楽しんでいるようだ。

夜の学校の空気は昼のそれとは全く違う。施錠された門、誰もいない運動場、真っ暗な廊下。騒がしかった昼間の空気が、嘘のように静まり返っている。

後ろを歩いていた俺は少し歩を速め、詩織に追いついて並んで歩いた。

ここ数日、おかしなことばかり起きているからだろうか。こうして詩織と一緒に歩くこの瞬間さえ、まるで現実のものではないような心地になる。

「ね、屋上行ってみん?」

「だから、鍵が開いとらんじゃろ」

さっき電話で詩織が提案した時にも言ったが、屋上へ行くための扉は、普段鍵が閉められているのだ。

「いいから、行ってみんとわからんじゃろ」

行ってみるだけな、と言って、俺は詩織の手を引いて真っ暗な階段を上っていく。普通の生徒は、屋上へ繋がる扉がどこにあるのかさえ知らないかもしれない。

四階まで行き、右に曲がると小さな空間とエレベーターの扉がある。エレベーターは普段生徒は使用を禁止されているので、誰も近づくことのない場所だ。エレベーターの隣には、非常口のような無骨な扉がある。その先にある階段を上っていくと、鍵付きの扉があり、そこから屋上に出ることができる。

その鍵付きの扉の前まで来ると、俺は詩織から手を離し、ひんやりとした扉のノブをひねった。

「ほら閉まっとるじゃ……」

扉を押すと、予想に反して開いた。鍵は奇跡的にかかっていなかったのだ。

「え？」

「開いてたね！　ラッキー！」

詩織が声を弾ませた。

戸惑いながらも、俺は重い扉を押して屋上に出た。

冷たい風が吹いていて、どこからか運ばれてきた冬の匂いが鼻腔をくすぐった。

芝生の上を歩いて、正面の柵の前まで行く。去年の春、俺と詩織が二人で寝転んでいたのはこの辺りだった。屋上の逆サイドで、みんなで望遠鏡を覗いていたことも懐かしい。

柵に手を掛けて向こうを覗けば、教室の窓からと同じようにグラウンドが見渡せる。一瞬だけ、一年生の頃の、体育の授業を眺めていた一人ぼっちの自分に戻った気がした。

あの頃、俺は一人で何を考えていたのだろう。それを忘れてしまうほどに、今俺のそばには誰かがいてくれる。詩織が天文部へ俺を引っ張っていってくれたからだ。詩織がいなければ、俺は今も一人で、教室の隅で本を読んでいるだけだった。

「……俺、東京の大学の指定校推薦もらった」

背中に詩織の気配を感じながら、俺は言った。さっきまで言うつもりなんてなかったのに、言った。来るかどうかもわからない明日なんて、待っていられないと思った。ちゃんと説明したい。俺は、ちゃんと詩織に伝えたい。感謝の気持ちと、これからのことを。たとえ今日が何度繰り返されたとしても。

「……知ってたよ」

まさかの言葉に、俺は驚いて振り返った。

「まじか？　洋介から聞いたん？　あいつひどいな。でも……東京行くんはやめようと思う。推薦、辞退しようと思う」

一呼吸置いてから、俺は言い訳がましく続ける。

「理由なんて適当に付ければええじゃろ。家族の事情でーとか。学校が来年から指定外されてしまうんかな、とか思ったけど……まぁ大丈夫じゃろ」

詩織は無言で俺の話を聞いている。その表情からは、彼女が何を考えているのか読み取ることはできない。

「……だから、やっぱり広島の大学を受験しようと思っとる」

「本当にそれでいいの？　どうして？」

風に吹かれるロウソクの火のような声で詩織は言った。

「……詩織と一緒にいたいから」

俺の声も、夜風に連れ去られてしまいそうだった。

一緒にいたい。そんなこと、お互いにわかり切っている。

俺は詩織のことが好き。詩織は俺のことが好き。お互いがそれを知っている。ずっとそうだったはずだ。

そのはずなのに、俺は自分の記憶から、何かが抜け落ちているような気がする。

俺の言葉に、詩織はまた微かに陰のある表情をしていた。

「まぁそれも全部、今日のループを抜け出さんと、そんなわけにもいかんけどな」

その沈んだ空気を払拭するように、俺は明るく言った。

「ループの原因に心当たりはないの？」

「うーん……わからんなぁ。洋介や真希に相談して、いろいろしてもらったんじゃけどな。やっぱり人工流星のせいじゃ思うけど」

そうかもしれないし、そうじゃないのかもしれない。

「人工流星のせいじゃないよ」

「え？」

詩織は暗闇の中で輝く炎のように、はっきりと言った。

「……どうして明日が来ないのか、もうわかってるくせに」

含みを持たせた言葉を口にするその表情は、まるで別人のように感じられた。

「どういうことじゃ？」

「本当は人工流星が原因じゃないことを、多分りょうは知ってるんじゃないの、って
ことと」

スカートのポケットに手を突っ込んで、詩織はくるりと背を向けた。

「何を言うとるんじゃ。わかってたらこんな苦労しとらん」

「またそんなこと言ってごまかして」

俺は言葉に窮して、ただそこに立ち尽くしていた。

詩織はゆっくりと振り返って、まっすぐな眼差しでこちらを見た。

「受け入れんといけん、悲しみがある」

冷たい風が、俺と詩織の間を吹き抜けていった。

「詩織、さっきから何を言っとるんじゃ？」

「あれ？　りょうさん？」

その時、場違いな声が響いた。

「ほんとだ、りょうさんだ。話し声が聞こえたから、誰が来たのかと思いました」

詩織の向こう側には、モナとレオンが並んで立っていた。二人とも制服姿で、モナはスカートの下に学校指定のジャージを穿いている。レオンは首から提げた一眼レフのカメラを、大事そうに両手で抱えている。

「お前ら、なんでこんなところに？」

俺はこんな場所に人がいたことに、それも、知っている後輩がいたことに驚きを隠せなかった。

「僕ら、顧問の先生にお願いして、人工流星の時間だけ屋上に上がることを許可してもらったんです」

屋上の逆サイドで、真面目に観測の記録をしに来ていたのだろう。だから鍵が開いていたのか。

「りょうさんこそ、どうして一人でこんなところに？」

「一人？　俺は詩織と流星を観に来たんじゃ」

「……」

二人は黙った。間に立っている詩織も、うつむいて黙り込んでいる。気まずい沈黙が生まれた。

「誰もいないですよ」

レオンは無表情で言った。その横でモナは、口を固く結んで弱々しい顔をしている。

「誰も……いない？」

俺は詩織の顔を見つめた。スローモーションのように、ゆっくりと目が合った。

その瞳には、透明な涙がうっすらと光っていた。

もうすぐ、人工流星が流れる時間だった。

——去年　冬

休みの日の昼間に、家の最寄り駅のホームに立っていた。

吐くと白い息が出る。そんなことが楽しかったのはいくつまでだったのだろうか。

小学生くらいの頃は、恐竜、なんて言って無邪気に遊んでいた記憶がある。

冬は好きじゃなかった。それはあらゆる生物にとってそうなのではないだろうかと思う。耐え忍ぶ冬。木々の葉は枯れ、動物たちは春を待ち冬眠する。何かの調査によると、人の死亡率が最も高くなるのも冬らしい。風邪などが流行りやすく、気温の低さで血圧も上がりやすいからだとか。

そんなつらい冬にも、少しだけいい印象を持てるようになったのは、天文部に入ったからだった。

冬は星が最もよく見える季節である。冷えた空気は水蒸気を多く含まないため、必然的に空気中に不純物が少なくなり、夏よりも空が澄んで見える。さらに冬の夜空には一等星も多く昇り、賑やかに見えるのだ。自然の中で星を観る。その喜びを知るうちに、この寒さも、星空を引き立てる一つの要素のように思えるようになった。

やって来た電車に乗り込む。いつもと逆方向に向かう。

それは昨日、天文部の活動の後、詩織と一緒に帰っている時の会話が理由だった。

――明日、りょう暇？

――うん。特に予定はないよ。

――じゃあうちに遊びに来てよ。ゆっくり話したいこともあるけぇ。

ゆっくり話したいこと……。何だろう。

そう思いながらも、俺は初めて詩織の家に行くことになった。

詩織の家は、電車に乗って二つ隣の駅だった。二駅とはいえ、田舎の電車なので結構距離がある。

電車を降りて、改札を出たところで詩織が待っていてくれた。

「緊張してる?」

詩織は歩きながら、駅からずっとぎこちない会話を交わす俺の様子を見て、いたずらっぽく尋ねた。

「してない」

してた。俺にとって、彼女の親に会うという経験はこれが人生で初めてだった。

道に沿って左右に家が立ち並んでいる。辺りは住宅街で、俺は現実逃避をするように、いろんな形をした家があるんだな、なんて考えていた。

「ここだよ」

その家々が並ぶ道の角に、ガラス張りのおしゃれな外観のケーキ屋さんが急に現れた。

「ただいまー」

詩織はお客さんと同じように、自動ドアから店に入った。

「……お邪魔します」

俺も詩織の後ろについて店に入った。店に入ると目の前にショーケースがあり、色とりどりのケーキが陳列されていた。店内の右手には小さなテーブルが二つと四つの椅子が設置されていて、ちょっとしたカフェとしても利用できるみたいだった。

「あら、おかえり」

　ショーケースの向こう側に立っているのが、詩織のお母さんだとすぐにわかった。詩織と目元がそっくりだった。

「お邪魔します。相沢りょうです」

　店にやって来て、お邪魔しますと言うのにも違和感があった。とにかく俺は失礼のないようにと、きちっと背筋を伸ばして挨拶をした。

「こんにちは」

　そう言ってニコッと笑った顔もそっくりだった。

「あ、お父さんは今後ろでクッキー焼いてる。呼んでこようか？」

　どうして彼女の父親に会うというのは、母親に会うことより緊張するのだろう。

「いいよ。でもこんな時間に珍しいね」

「うん。高尾さんのところがね、今日親戚が来るからって、いっぱい買っていってくれたの」

「そうなんだ。私、上に行ってるね」

「うん。りょうくん、ゆっくりしていってね」

　お母さんは俺を見て微笑んだ。ありがとうございます、と言って、俺は詩織の後ろについて階段を上がった。二階部分がリビングになっていて、彼女はさらにもう一つ階段を上がっていく。三階には二つ部屋があって、手前が詩織の部屋だった。

詩織の部屋は、何というか、詩織の部屋だった。

今までどんな部屋が詩織らしいかなんて想像したこともなかったのに、詩織がここで毎日過ごしているんだな、と腑に落ちる部屋だった。左側にベッド、右側に勉強机とクローゼット。シンプルながらも、どこか柔らかさを感じる部屋。彼女は折り畳みのテーブルを真ん中に組み立てて、ちょっと待ってて、と言って部屋を出ていった。

一人残された俺は、まだ落ち着かない気持ちのまま、詩織の部屋を見渡した。部屋の正面の勉強机の傍らには、腰くらいの高さの棚がある。中には俺の知らないアーティストのCDが何枚も並べられていた。よく聴いているイギリスのバンドだろうか。その横に、何冊かの文庫サイズの小説が収められていた。

「何か珍しいものあった?」

俺は急に話し掛けられてビクッとした。

詩織がクッキーと紅茶が載ったトレイを持って、扉の前に立っていた。詩織はいつも足音を立てずに歩く。

「いろんなCDがあるなぁと思って」

悪いことをしてたわけじゃないのに、なぜか言い訳をするように言った。

「うん、あと、前りょうが読んでた小説も買った」

「また? 言ってくれれば貸したのに」

「いいの。持っていたいから」

詩織はよく俺と同じ本を買う。二人で同じ本を持っていても、意味ないのにと思う。

テーブルの上にトレイを置いて、詩織はその横に座った。目の上で揃えられた前髪を、彼女は手で撫でるように整える。その下で、滑らかな直線と柔らかい曲線が、生き生きとした美しさを描き出していた。

「読んできた本って、その人がどんなものが好きで、どんな生き方をしてきたのかが表れていると思うの。本棚って人生が出るものだよ。じゃけぇ、りょうの本棚にあるのと同じ本が私の本棚にもあるって、それだけで嬉しいことじゃなって思う。人生の中の、百分の一だけだとしても、目に見えて一緒のものがあるって気持ちになる」

「そんなに大それたものかな」

と言いながらも、俺は内心、詩織の言葉に胸が弾けそうなほど嬉しくなっていた。そんな風に思ってくれていたなんて。

「うん。たくさん本を読んできたりょうのことをね、私は尊敬しとるよ」

「読むくらい誰にだってできるけぇ。……それに、詩織は俺よりもいろんな音楽聴いとるじゃろ？　それもその人の人生を表しとるんじゃない？　俺は音楽のこと、全然知らんけぇ」

俺は棚に並べられている、名前も知らないアーティストたちのＣＤに目をやった。

「うーん、音楽は、その人の人生というより、何に救われとるかじゃなぁ」

「音楽は、救いってこと？」

「うん、また本とは意味が違うかな。今度りょうにも貸してあげる。何がいいか考えとくね」

そう言って、詩織はテーブルの上に視線を落とした。

「あ、紅茶冷めちゃう！　あとクッキーも、焼きたてがあったから持ってきちゃった」

トレイの上には、綺麗な焼き色の丸いクッキーが並べられた皿があった。耳の形のような曲線を描いた持ち手のカップには、飴色の紅茶が淹れられている。

「わぁ、なんか贅沢じゃな。ありがとう」

絶対自分の家では出てこないものが並んでいるので、俺は素直に感動した。

「はい」

詩織は一枚のクッキーを取って、俺に差し出した。

「ありがとう。いただきます」

受け取ったクッキーはまだ温かかった。焼きたてのクッキーなんて食べたことない。一口かじると、サクサクと口の中で温もりと甘味が砕けて広がった。

「……美味しい」

「でしょ？」

「すごく美味しい」

「でしょう」

　これまでそれほどたくさんのクッキーを食べてきたわけではないが、人生で食べたクッキーの中で一番美味しいと思った。

「詩織も作ったりするん？」

「私は全然ダメじゃ」

　詩織は首を振った。

「お手伝いして、とか頼まれるんじゃないの？」

「うん、休みの日は店番したり、クッキーを袋に入れるん手伝ったりしとるよ。雑用はできるけど、ケーキ作る才能はないみたい」

　本当に自信がなさそうに詩織は言った。

　詩織は進路をどうするのだろう。家を継ぐなら、お菓子作りの勉強をするために専門学校に行くという選択肢もあるはずだ。でも、今の調子なら普通に大学に行くのだろう。

「そうじゃ、この前モナが『洋介さんが明日から大殺界じゃ』って真剣に心配しとった」

「あいつ、寝ても覚めてもそんなことばっか考えとるんじゃな」

「それから『みんなでお守り買ってあげましょう』って言ってた」

「それは真希に頼んだら用意してくれそうじゃな」

俺たちは場所が変わっても、何でもない会話をした。クッキーを食べて、紅茶をすする。話す。何でもない、だけど特別な時間が過ぎていく。

クッキーが最後の一枚になって、俺も詩織もなかなかそれを取らなかった。

「……りょうに言わんといけんことがあるんじゃけど」

沈黙の合間に、唐突に詩織が言った。意を決したような表情に、俺はドキリとした。

――ゆっくり話したいこともあるけぇ。

そう言った彼女の言葉が、本当はずっと胸の奥に引っ掛かっていた。

「……改まってどしたん？」

俺は落ち着こうと思って、紅茶を口に含んだ。底の方に、溶け切らなかった砂糖が残っていて、甘さが濃くなった。

「私ね、りょうのことが好きじゃ」

急にそんなことを言うから、俺は驚いて紅茶を噴き出しそうになった。

「何を言うとるんじゃ」

「ごめんね、だからね、言わんといけんことがあるの」

詩織は急に泣き出しそうな顔になっている。三日月のような眉の下で、大きな瞳が揺れている。俺は訳がわからなかった。

「何か隠し事してたん？」

俺はいろんな最悪の事態を思い浮かべた。りょうと付き合ってたのは罰ゲームだったの。嘘だったの。ドッキリだったの。どれもリアルに想像するには、詩織のイメージから遠過ぎた。

「隠しとったわけじゃないんじゃ」

「……浮気とか？」

「違うよ！」

顔を真っ赤にして否定した。

「私、怖いんよ」

「……何が？」

そのまま詩織は、膝を抱えて黙ってしまった。

詩織に出会った頃から感じていた、小さな陰の正体が、ここにあるような気がした。詩織は何かに怯えているのだ。だけどそれが何かはわからない。

「……無理して話さんでいいよ。時間かけて、ゆっくりでも」

俺は詩織の頭に手を置いた。柔らかい感触に、急に愛しさがこみ上げてきて、抱き寄せたくなった。

でも、俺はそうはしなかった。その代わりに、ただ寄り添うように、詩織に十分の一ほどの体重を預けた。

皿の上にポツンと残されたクッキーが、どこか寂しそうに見えた。

一週間後、冬休み前、最後の金曜日に雪が降った。

前日からテレビでも大雪の注意が喚起されていて、朝起きたら案の定、窓の向こう側は真っ白な雪景色が広がっていた。この時期に、それも広島でここまで雪が積もるのは珍しいことだった。

いつもと違う景色に自然と気持ちは高ぶるが、学校に行くにも電車は遅れるし、歩きにくいし、いいことなんてあまりない。午後になるとまた雪が降り出し、運動部は休み時間にグラウンドの整備をし始めた。今雪をどかすことに意味はあるのだろうか、とぼんやりそれを眺めていた。

放課後には、天文部で化学室に集まった。金曜日の週に一度の活動は依然として守られていた。その日は山波先生が来てくれて、冬の星座の講義をしてくれた。

いつものように分厚い天文の本のコピーが配られ、星の解説がなされる。冬の大三角、七つの一等星。そんな星の解説がひと通り済んだ頃に、詩織がふと言った。

「雪の中で星を観るって、風情がありそうですよね」

その言葉に、確かに、と俺は呟いた。みんなも頷いた。

「いいね。冬の星座を、どこかに観測しに行こうか」

と先生も言った。俺たちは文化祭のプラネタリウムの評判が良かったことで、部活に対するモチベーションが上がっていた。そんな折に出た、みんなで雪の上で星を観るというアイデアは、普段雪と接する機会が少ない俺たちにとって、特別なことのように感じられた。

「夏に行ったスターペンション、また行きたいです」

モナが真面目な顔で言った。

「長野だからね、さすがに遠いよ。でも雪は積もってるでしょうね」

「あ、あそこはどうですか、どんぐり村！　私、子どもの頃に連れていってもらったことがあるんですけど、広い公園もあって気持ち良かったです。ソリ遊びした記憶があります」

詩織が晴れ晴れとした顔で言った。

「豊平どんぐり村、俺も遠足で行ったことあるなぁ」

洋介が、その言葉の響きさえ懐かしそうにしている。

どんぐり村は、確か広島市から北に行ったところにある、道の駅だったと思う。

野球ができるくらい大きなグラウンドもあるはずだ。知ってはいるけど、行ったことはなかった。

「先生もそこ行ったことがあるよ。いい場所かもしれないね」

冬休み中に行きますか、と先生は言ったが、ゆっくりしてると雪が溶けちゃいます、と女子たちが反対した。

だから次の週、冬休みに入ってすぐの、天気予報で快晴になっている日に行くことになった。


「いてっ！」「冷たーい！」

雪は人を童心に戻す。俺たちは雪が敷き詰められた広場で、雪合戦に興じていた。チームを分けて真ん中に線を引き、ドッジボールさながらに雪をぶつけ合う。当たってもそこまで痛くないのがいい。

広島駅から先生の車に乗せてもらって、俺たちはどんぐり村へやって来た。車には合計七人が乗り込み、後ろには天体望遠鏡が積み込んである。車で一時間くらいなので、日帰りで行けて、遠出感もあって丁度いい距離だった。

もっと遅い時間に出発しても良かったのだが、せっかくだからみんなでどんぐり村を楽しもうと、夕方頃にやって来た。

「豊平どんぐり村」は、広い敷地の中に様々な施設が複合されている。温泉や食事処、テニスコートやフットサル場、多目的広場まであり、幅広い目的でここを訪れる人がいる。

施設内には、広島で有名なむさしというおにぎり・うどんの店があり、みんなでそこでご飯を食べて温まってから、こうして雪合戦を始めた。

雪合戦は雪玉に当たったら負けというルールでもないので、かれこれ三十分近く延々と遊び続けていた。

その間、先生は望遠鏡の準備をしてくれていた。先生の今日の目的の一つは、星の写真をスマホで撮ることらしい。星の写真は、ちゃんとしたカメラでなくては綺麗に収めることが難しい。しかしそうなると、素人にはなかなか敷居の高いものになる。そこで先生は、スマホのカメラを天体望遠鏡の接眼レンズにうまく合わせることで、綺麗な写真が撮れるかどうかを試してみようとしていたのだ。先生はこれまでも自分のいい一眼レフカメラで綺麗な写真を撮ってきたはずなのに、さらにみんなに手軽に楽しんでもらう方法を考えている。星の楽しさを広めることに、本当に熱心な先生だと思う。

夜になって施設が閉まり、お客さんが少なくなってくると、辺りは不自然なくらい静かになった。積もった雪が音を吸収するからだろうか。自分たちの話し声も、いつもより輪郭がはっきりとしているように感じられる。

広場まで移動すると、新雪が一面、ずっと遠くまで敷き詰められていた。人間の痕跡のないその世界は、まるでおとぎ話のように美しい景色だった。

「すごい！　北国じゃ！」

と詩織は自分の足跡を確かめながらはしゃいでいた。鉄塔とパラボラアンテナに加え、どうやら雪景色にもテンションが上がるようである。俺も一歩一歩、自分の足跡が綺麗に残っていく感覚が面白くて、何度も自分の歩いた道を振り返った。

地上の雪で十分に楽しんでから、空を見上げると、もう既に星たちが姿を見せていた。

「あっちの空だけ、ぶち明るいね。朝が来るみたいじゃ」

真希が南の空を指さして言った。そちらだけ、空の下の方がじんわりと白くなっている。

「あっちは広島市だね。街明かりだよ」

街の明かりが、こんなに離れている場所の空にまで影響を及ぼしていることに驚いた。

「でも南以外の方角は、街明かりも少なくていい場所だね」

先生が天体望遠鏡のピントを調節しながら言った。

たとえ都会から離れても、近くにスキー場などがあれば、そうした施設の光で星が見えにくくなる可能性があるらしい。どんぐり村はそういう意味でも、星空を観るのに条件のいい場所だった。

「ああー、だけどやっぱり今日はちょっと雲がかかってしまっているね。これだと学校の屋上とそこまで変わらないかもしれない」

先生が残念そうに言った。確かに、星空が全体的にぼんやりしている。

「それでも、雪の上でこれだけ星が見えると嬉しいですよ」

そう真希が言うように、一面に雪が広がっているこの場所で星を観ているということが、俺たちを既に楽しくさせていた。

「ほんとはもっと綺麗だと思うんだけどね。でも、天気ばかりはどうにもできないからなぁ。ほら、プレアデス星団も肉眼であまり見えない」

「プレアデス星団？」

モナが首を傾げて尋ねた。プレアデス星団は一つの星ではないので、星占いに出てこないのだろう。

「すばるのことじゃな」

洋介が言った。

「その通り。M45という呼び方も有名だね。星団というように、いくつもの星がそこに集まっている。あそこにオリオン座の三つ星が見えるね？　その延長線上をたどっていくと、ぼんやりとした光が見えるでしょう。あれがすばる。この空の状態では見えにくいかな」

俺たちは懸命に目を凝らすが、見えない。オリオン座の七つの星でさえ少し霞んでいるこの空では、肉眼で見ることはできないのかもしれない。

「そうだ、今日はこんな風に空のコンディションが良くない時でも、星を見つける方法を教えよう」

先生はいいことを思い付いた、というように手を叩いた。

「そんな方法があるんですか？」

「そらし目と呼ばれる方法だよ」

先生はその方法と、人体の仕組みの説明を始めた。

「目の中には錐体（すいたい）細胞と桿体（かんたい）細胞という二種類の視細胞があるんだ。錐体細胞は明るい場所で色を認識することができるけれど、暗い場所ではその働きは弱まってしまう。一方で桿体細胞は、光に対する感度が高くて、暗い場所でものを見るのに適しているんだ」

急に始まった細胞の説明に、俺たちは身構える。

「つまり暗闇で光る星を観るのには、この桿体細胞が適している。でも実は、この細胞は網膜の周縁部に集まっているんだ。だから、本当に観たい星に向かって視線を送ると、逆に光を捉えられなくなってしまう。少しずれたところに視点を置くと、桿体細胞が光を捉えて、意外にもはっきり観たい星が見えるよ」

つまり、このそらし目を使い、観たい場所の少し横を見ることで、目を凝らしても見えなかった星の光が見えるようになるということだ。

　俺たちは先生に言われた通り、目の端で光を捉えるように意識してみた。すると不思議なことに、さっきまで視点を置いていた場所に、ぼんやりとした光が見える。

「本当だ……何か光ってる」

　しかし、もっと見ようと思って視線を送ると、その光は見えない。見ようと意識すると逆に見えないなんて、人の目は不思議な作りになっているものだ。

「ほんまに、そらし目を使うとぼんやり見えてくるんじゃなぁ」

　洋介が感心しながら言った。先生は、俺たちがそらし目の練習をしている間に、スマホのカメラを天体望遠鏡にくっつけ、星の写真を撮っていた。スマホでも、シリウスの青白い光やベテルギウスの赤みがかった光まで、しっかり写すことができるようだ。これなら双眼鏡とスマホでも、手軽に星の写真を撮影できるかもしれない。

「先生、オリオン座のベテルギウスがもうすぐ爆発するかもしれないって話を聞きましたけど、本当ですか？」

　洋介が目をしばたたかせながら言った。あまり慣れない星の見方をすると、目が疲れてくる。

「その兆候は見られるね。既に爆発している、という説もあるよ。地球とは六百光年以上離れているから、まだその光が届いていないだけで」

「もう存在しない星が、私たちに光を届けているのかもしれないんですね……」

詩織がポツリと、噛みしめるように言った。

「ベテルギウスがなくなったら、オリオン座はどうなるんですか？」

洋介が興味深そうに尋ねた。

「一つ星がなくなると、なんだかアンバランスに感じるね。新しい神話が必要になってくるかもしれない」

先生は、逆にそれが待ち遠しいかのように言った。

「だから今年の冬が、今の形のオリオン座を観ることができる最後の季節になるかもしれないよ。しっかり目に焼き付けておくように」

冗談なようで、冗談じゃないかもしれない。自分の子どもや孫に、昔はあの辺りにもう一つ星があったんだよ、なんて言う日も来るのだろうか。

「りょうさん……あの……」

モナが何かを言いにくそうにしている。

「どした？」

「……私、めっちゃ寒いです」

モナは両腕で自分を抱きしめ、体を震わせている。よく見ると、着ているアウターは秋にも着られそうな薄いやつのようだ。隣にいるレオンは相変わらずマスクを着けて無表情だが、見ようによっては若干眠そうにも見える。雪山で遭難して、眠たくなっているような状態なのだろうか。二人は厚着してこいと言われたにもかかわらず、冬の観測を甘くみてぃたのかもしれない。しっかり防寒をしてきた俺でも、寒いと思ってぃたところだった。

「確かに……俺もちょっと寒いかも」

「風邪をひくと良くないし、今日はそろそろおしまいにしようか」

全員一致で、その日の観測は短い時間で切り上げることにした。


どんぐり村から広島駅まで、先生に車で送ってもらった。市内に入ると道路は少し混んでいて、行きよりも時間がかかった。駅の時計は二十二時前を指していた。

そこからみんなそれぞれ帰路に就いた。俺と詩織は同じ山陽線で西へ向かう。真希やモナも同じ電車のはずだけれど、何か用事があるとかで、広島駅で別れた。駅のホームに着くと、タイミングよく電車が発車するところで、俺たちは飛び乗った。雪でダイヤが乱れていたようだ。電車は空いていて、二人で並んでシートに座った。

「先週言ったことがこんなにすぐ実現するとはなぁ」

「いいこと言ったでしょ？」

詩織が微笑んだ。そういえば、雪の上で星を観たいと言い出したのは詩織だった。

「先生もよく、こんな風に付き合ってくれたよな」

「星のことになると、ほんまに熱い先生じゃけ」

「うん。俺らが遊んどる間も、ずっと星の観測しとったな」

また、そんな何でもない会話を交わす。

だけど二人きりになると、ふとこの前の詩織の様子を思い出してしまう。あの時何を言おうとしていたのだろうか。二人になった今、話してくれるだろうか。

会話の途切れた沈黙の瞬間、詩織も同じことを考えているんじゃないかと思って、勝手に気まずさを覚える。

だけど、それがどんな内容であっても、俺は自分から訊いてはいけない気がしていた。まるで急かしているみたいになるかもしれない。話を聞くのは、詩織が話すと決心できた時でいい。たとえどんなことであっても、俺は詩織がそばにいてくれるだけでいいのだから。

「……私、そらし目は感動したなぁ。見ようと思うと見えなくて、少し横を見ると見えてくるって、すごい不思議じゃなかった?」

「思った。そんなこともあるんじゃな」

俺は気掛かりながらも、ただ詩織との会話を続けた。まだまだ、時間は無限にあると思っていたからだった。

「でも、いろんなことが、実はそんな風にできてるのかもね。私たちは、目を凝らしてよく見ようとすることで、逆に見えなくなっていることもあるのかも」

そう言う詩織の顔は、どこか愁いの色を帯びて見えた。

最寄り駅に着いて、俺は電車を降りた。振り返ると、詩織が窓からこちらを見ている。扉が閉まり、電車は発車した。遠くなっていく詩織に手を振った。詩織もこちらを見て、見えなくなるまで手を振っていた。

その時、別段別れるのが寂しいとは思わなかった。

またすぐに会えるのだから。そう思っていた。

でもそれは、何の保証もない未来だったことを、俺は後から思い知った。

次の日の朝、俺が自分の部屋にいる時だった。リビングにいた母から、俺に電話がかかってきていると呼ばれた。
自宅に俺宛ての電話がかかってくるのは滅多にないことなので、一体何だろうと思った。
「誰から？」と尋ねると、「学校の友達のお母さんから」と母は言った。それがまた違和感を募らせた。

俺は不思議に思いながら電話に出た。

保留のボタンを押して、「もしもし」と言った。

電話は、詩織のお母さんからだった。

［詩織が、——、——、——ました］

一つ一つの言葉を区切って、詩織のお母さんは言った。自分で自分を落ち着かせるように、そんな言い方をしているみたいだった。

少しだけ話して電話が切れた後、俺は部屋に戻って、働かない頭のまま本棚を眺めていた。さっき聞いた言葉を、うまく理解することができなかった。簡単な言葉のはずなのに、思い出そうとすると、まるで水の中の会話を聞こうとしているみたいだった。ただ、電話口の声が詩織の声に似ていたな、とぼんやり思った。

数分後に、携帯に天文部の仲間からの連絡も来た。

みんなも何かを話している。

うちは信じない、と真希は言った。でもわざわざ詩織のお母さんがそんな嘘をつくはずがないから、と洋介は言った。

山波先生からも連絡が来て、いよいよ本当のことだとみんなは理解した。交差点に氷が張っていたとか、雪でスリップしたとか、相手の車が雪用のタイヤじゃなかったとか、何かいろんなことを言っていた気がする。先生も、あまり冷静じゃなかったのかもしれない。

俺はまだ、何を聞いても理解することができなかった。

ただ、そこにじっとしていることが苦しくなって、俺は家を飛び出した。

真希も洋介もモナもレオンも、気持ちのやり場に困っていて、みんなでどこかで集まろうとしているみたいだった。

だけど俺はそこに行かなかった。行きたいという気持ちにならなかった。

行くあてもなく、雪が残る道の上を歩き回って、足が疲れたら、見つけた公園のベンチに座った。木製のベンチは冷え切っていて、その冷たさがズボン越しに伝わってきた。雪のせいで地面に濡れているところがあったからか、靴の縁が泥で汚れていた。

少し休憩すると、また歩き出した。疲れたら座った。そしてまた歩き出した。

夕方になって、胃の辺りに違和感を覚えて、空腹なんだと思った。そういえば、今日はまだ何も食べ物を口にしていなかった。

あてもなく随分歩き回った。だけど、帰ろうと思って道を調べると、そんなに遠くまで来ていなかったことを知った。ぐるぐると同じ場所を歩き回っていたのかもしれない。

帰る途中、不意に浅い水たまりを踏んだ。水しぶきが飛んで、穿いていたズボンの裾までぐっちょり濡れた。ちょうど靴の泥が取れていいと思った。

大きな道に出ると、車がたくさん走っていて騒がしかった。その横を歩くのが煩わしくなって、別の道を行こうと角を曲がると、目の前に交番があった。

「昨日の交通事故」と書かれた白い看板に「死亡」と書かれた赤い文字があった。

その横に「1」という数字が掲げられてあった。

それが一体誰のことなのかは知らない。ニュースを観ていても、この世界で人は毎日どこかで死んでいる。だからこれも、俺の知らない誰かがどこかで死んだだけなのかもしれない。

でもそこで、俺はついに動けなくなってしまった。


[詩織が、昨晩、事故で、亡くなりました]

今、やっと最後まで、詩織のお母さんが言ったことを、理解することができた。

目の前の数字は詩織のことではないのかもしれない。でもやっぱり「1」だから、詩織のことなのかもしれない。

涙は出なかった。泣けば、それが本当のことになってしまう気がしたからだった。

立ち竦んだまま、歩き疲れた足が、震えていた。

詩織に会いたかった。

それなのに、もう会えないらしい。

靴下まで水が染み込んでいて、ぐずぐずした感触が気持ち悪かった。

二日後に通夜、そして葬式が執り行われるという連絡が回ってきた。こうした事故の場合、病気で亡くなるのとは違い、警察との間でも様々な手続きがあるらしかった。

葬儀場は駅からも遠い場所にあるみたいで、俺は知らない駅まで行って、乗り慣れないバスを使った。空は晴れていて、比較的暖かい日だった。悲しみなんてものは、世界のどこにも記述されていないようだった。

葬儀場の近くに行くと、同じ高校の制服を着た人がたくさん集まっていた。俺は誰とも目を合わさずにその間を歩いて、葬儀場の入り口に向かった。

そこで、四日ぶりに洋介と真希に会った。空は晴れているのに、二人ともまるで雨でずぶ濡れになった犬みたいな顔をしていた。何と言えばいいのかわからず、俺は他人行儀に会釈だけして、中に入ろうとした。

「りょう……」

洋介が、俺の名前を呼んだ。それが俺の名前だと、確認しているみたいだった。

「りょう……大丈夫か？」

そう尋ねる洋介の横で、真希はただ黙って俺のことを見ていた。

二人の顔があまりに別人みたいで、俺は知らない人たちの前にいるみたいだった。

「大丈夫じゃ。……事故は、仕方ないことじゃから」

俺は落ち着き払って言った。

「仕方ないってどういうことよ……」

真希は、俺の言葉に怒っているみたいだった。俺に怒っても、それこそ仕方ないのに、と冷静な気持ちだった。

葬儀場に入ると、奥にはたくさんの花が飾られていて、その真ん中に詩織の写真があった。花に囲まれても、詩織のテンションは上がるのだろうか、なんて思った。写真の下には長細い木の箱があって、その中に詩織がいるらしかった。箱の側面は何かの模様で装飾されていて、それが星空のようにも見えた。

俺が後ろの方の席に座ると、その横に洋介と真希も無言で座った。どんどん席は埋まっていって、全体を見ると学生服の人が多いように思った。葬儀場にはいろんな花が飾られているのに、なぜだか百合の匂いだけが鼻についた。

しばらくすると、真ん中の通路を僧侶がゆっくりとした動作で入場してきて、前の段の上に敷かれた座布団に座った。

「ただいまより、告別式を執り行います」

葬儀場の担当者が、厳かな口調で言った。

読経されている間に、親族から順番に焼香をしていき、俺たちにもその順番が回ってきた。真希、洋介が立って、俺もそれに続いた。焼香にどんな意味があるのかわからないけれど、俺はただ前の洋介と同じ動作をして、手を合わせた。

読経が終わると、最後に喪主からの挨拶ということで、詩織のお父さんが前に立って話し出した。初めて見た詩織のお父さんは、鼻筋の通ったすっきりした顔をしていて、なんとなく俺の持っていたイメージと合っている気がした。体は想像していたよりも小柄で、しばらく見ていると、いつかテレビで観たサッカー選手に似ている気がしてきた。

詩織のお父さんは、事故の経緯のことに触れながらも、あまり感情的にならずに語った。だけどそれが、より悲しみの深さを表しているようで、席に座っているみんなが泣いていた。隣で泣いているお母さんも、この前と全然違う顔になっていて、今日は詩織に似ているとは思わなかった。

最後のお別れとして、箱の蓋が外され、参列者が詩織に花を添える時間が設けられていた。俺はそこで初めて、詩織の姿を見た。白い装束を着て、目を閉じて、ただそこで眠っているだけみたいだった。滑らかな直線と柔らかい曲線は、永遠に奪われることのない性質なのだと思った。

詩織の全身に花が添えられていく。百合の匂いが鼻についた。

隣で洋介は、嗚咽を漏らしていた。

「……悔しい」

と彼は小声で言った。

その隣で同じように泣いている真希がいた。

「なんで……なんで詩織なん？　なんで……。もっと一緒に……一緒に星観たかった。こんな……優しい子おらんのに」

真希は言葉にならない言葉を叫び続けた。

俺は何かと戦うように、ずっと涙を堪えていた。

それから、俺は一歩も外に出る気がしなくなった。
ベッドの上で毛布にくるまると、毛布が膨らんだりしぼんだりしていた。俺は人生で初めて、自分が呼吸をしていることに気が付いた。大発見だと思った。これまでずっと、自分が息を吸って吐いてを繰り返してきたという事実が、信じられないくらいだった。呼吸に意識を集中すると、自分がどんな風に息をしていたのか忘れてしまったように、下手くそな呼吸になった。まるで水の中にいるみたいに苦しくなって、せき込んで、気持ち悪くなった。だけど、時間が経てば、また自然と呼吸をしていた。やり方を知らない方が、うまくできることもあるのだと知った。

冬休みが明けて最初の日、冬休み中に学校の生徒が一人亡くなったことが、全校集会で知らされた。葬儀に参列した生徒も多くいたし、その他の生徒もSNSなどを通じて既に知っていたようで、驚きというよりも、その出来事を呑み込むための、一つの儀式が行われているというような感じだった。

数日すると、もうこれまでと何も変わらない日々が始まっていることに気が付いた。

でも、それは俺が気付くのが遅かっただけで、とっくに始まっていたのだと思う。一人の人間がいなくなっても、当たり前に時間は過ぎていく。その女性がいなくても、世界が終わることはなく、夜空の星が地上に降ってくることもなく、ただただ日常は続いていく。

しばらくすると、まるで自分が悪い冗談の中にいるような気がしてきた。何もかもに、違和感を覚え始めていた。この全てが嘘だと言われた方が、説明がつくと思ったのだ。

彼女がいなくて、こんなに普通に世界が回るはずはなかった。

この世界は法則でできている。

大昔に天動説を最初に唱えた人も、その時は天動説で様々なことがうまく説明できたから、その説を提唱した。

彼女のいる世界の方が、とても自然なのだと思う。だから俺は、自分の心を守るために、自分に都合のいい世界をつくるようになった。

　これまでと変わらない日常。

　詩織がいる。詩織から連絡が来る。

　辻褄の合わないものは、自分の世界から遠ざけていった。天文部の仲間とも会わないようになった。

　受験生になって、俺は勉強に打ち込んだ。

　詩織と一緒に学校から帰った。

　詩織と歩いた。詩織と話した。詩織と笑った。

　事実から、目を背けた——。

——現在

　事実。

　事実って何だろうと思う。

　俺は高校三年生だ。

　——事実。

俺は今、学校の屋上にいる。

――事実。

人工流星が、間もなく降り注ぐ。

――事実。

目の前に、モナがいる。

――事実。

目の前に、レオンがいる。

――事実。

目の前に、詩織がいる。

――事実……？

「そっか……俺はずっと一人じゃったんか……」

俺は、独り言のように呟いた。

あんなに近くにいた。当たり前にいた。その声も、その体温も、その匂いも、その歩き方も、全部知っている。全部鮮明に再生できる。

「りょうさんは……まだやっぱり……」

モナの声がした。詩織がもういなくなってしまったことを、みんな知っている。洋介だって、真希だって、たくさん涙を流していた。俺も、本当は知っていた。だけど、それを受け入れることができなかった。詩織がいない世界なんて、存在するとは思えなかった。本当はもう、あの瞬間も、あの瞬間も、詩織はいなかったのに。

詩織と話していたのは、俺だけだったのに。

「詩織……」

目の前に立っている詩織は、透き通った目でこちらを見ていた。

「……りょう」

詩織が俺の名前を呼ぶ。詩織の声が聞こえる。

「……あの冬の日が、天文部で集まった最後の日だったんです。私も……あの日から、大好きな詩織さんのことを、ずっと胸に秘めて生きてきました。だけど先輩たちの方が、私たちよりもずっと重いものを抱えているはずだと思います……。簡単にそのことを口にできないくらいに……」

モナは涙を溜めて、声を震わせている。

「だから、僕たちは今日の写真を撮って、詩織さんに届けたいと思って来ました。先輩たちにできないことも、後輩ならできるかもしれないと思って……」

レオンが、首から提げたカメラをぎゅっと握りしめた。

詩織がいなくなって、みんなそれぞれの方法で悲しみと向き合ったはずだった。俺は一人で、ただただ逃げ続けていた。悲しみを受け入れないようにと、いろんな記憶を封じ込めて。

その時だった。

どこか遠くから歓声が響いた。

俺たちは咄嗟に空を見上げた。

「……流れ星」

人工流星が始まった。一粒の光が、夜空を斜めに横切った。

「詩織……見えるか？」

詩織も夜空を見上げていた。その瞳は、星空を写し取れそうなほどに澄み切っていた。

「見えるよ。綺麗じゃね」

穏やかな、日常の中にいるような声がした。俺は詩織と並んで、流れ星を眺めている。このまま時が止まればいいのにと思った。

彼女はこちらに視線を移した。それからいつものように、じっと俺を見つめる。俺はそれに気付いていながらも、決まり事のように、気付いていないふりで星空を見上げ続けた。

彼女が小さく微笑んだことが、気配でわかった。

「りょうの明日が来ないのは、人工流星のせいなんかじゃなくて、りょうが悲しみを受け入れられないからだったんだよ」

星の明かりに照らされながら、詩織は俺に語り掛けた。これも、俺がつくり出した詩織なのだろうか。

「……」

「知ってたじゃろ？」

多分、どこかで気付いていたのかもしれない。ちぐはぐなまま、ここまでやってきたことにも。だけど、それでも受け入れるわけにはいかなかった。俺の中から、詩織を失うことはできなかった。

「もう、終わらせんといけんね」

「……いやじゃ」

俺は首を横に振った。

「俺は、これでいいんじゃ。誰にも迷惑掛けとらん」

俺は詩織の目を射るように見つめながら、ほとんど懇願するように言った。

「いつまでも、見ないふりしとるわけにはいけんよ。子どもみたいなこと言わないの」

お姉さんぶるのは、こんな時でも同じだった。

「なんで……なんで今日はそんなこと言うんじゃ。急にいなくなって、全部悪いのは詩織じゃ！」

感情が溢れ出す。こうやってまっすぐに、心を誰かにぶつけるのはいつぶりだろうか。

「私だって、ごめんねって思ってるよ……」

詩織を責めても仕方がない。俺は自分で言いながらも、胸が痛かった。突然未来を奪われて、一番悲しい思いをしたのは詩織のはずだ。つらかっただろう。悔しかっただろう。

モナとレオンは、ただ黙ってそこに佇んでいた。二人からすれば、俺は一人で喋っているおかしなやつに見えているはずだった。だけど、二人にもまるで詩織が見えているかのように、じっと彼女のいる場所を見つめていた。

「だけど今ね、私の願い事は叶ってるの」

「……どういうことじゃ？」

「私があの日に一つだけ、願い事をしたの覚えてる？　この場所で、流れ星を観た時だよ」

春、お泊まり会の時、芝生の上に寝転んで、詩織は流れ星に願い事をしていた。

「来年もここで、一緒に星を観られますようにって。だからきっと神様が、今その願い事を叶えてくれとるんじゃ」

詩織はただ嬉しそうに言った。嬉しさ以外の感情がそこにはないみたいだった。

「りょうも、叶えてくれてありがとう」

笑った。雲間に光る満月のような、とても綺麗な笑顔だった。

「詩織……」

俺は詩織の頬に手を当てた。手のひらに、優しい熱が伝わる。彼女は静かに頬を緩めた。幻ではなく、本当にそこにいる気がした。

「……もう、こんな日が来るんなら、俺は何回ループしてもええ。明日も、明後日も、俺は詩織とここで人工流星を観る。本当の明日なんて来んでもええ」

「ダメだよ」

「何でじゃ。だいたいな、時間がループするなら、あの日にしてくれ！　もう一度あの日をやり直せるなら、事故なんて、起こらんようにできた。冬の星座なんて観に行かんかった。詩織を家まで送って帰った。何度も……何度もそんなことばっかり考えとった」

運命は、小さな偶然の積み重ねだった。何か一つでも、歯車が食い違っていればこうはならなかった。

あの冬の日。

もしも、雪が積もっていなければ。

もしも、俺が寒くないと言っていれば。

もしも、帰りに道路が混んでいなければ。

もしも、俺たちが電車に飛び乗らなければ。

もしも、俺が詩織を家まで送っていれば。

もっと些細なことでもいい。何かが変われば、こんな結果は生まれなかったのだと思う。

俺は詩織の肩に、ほんの少しの体重を預けた。存在しないはずの体が、俺の体を支えてくれているみたいだった。

「……ごめんね」

「なんで謝るんじゃ。謝るくらいなら、謝るくらいなら……」

俺はどうしようもなくなって、膝から崩れ落ちた。膝に芝生の冷たい感触が伝わった。

「……私だって、りょうと離れるのは嫌じゃ。でも……誰にも起こってしまった悲しみを取り消すことはできんよ。だから、人は悲しみをその心に受け入れる強さを持っとるんじゃ。洋介だって、真希だって、誰だってそうじゃろ？　だからりょうも、ほら」

詩織は俺に向かって手を差し伸べた。

「一緒に、願い事しようよ」

詩織の後ろで、人工流星が夜空を光の雫でいっぱいにしていく。

美しかった。何もかもが美しかった。

俺は立ち上がって、詩織と並んで流星を見上げた。それから馬鹿みたいに、両手を合わせて願いを込めた。

三回どころじゃない。何回でも神様にお願いしてやる。

——詩織が、いつまでもそばにいてくれますように。

流星は止めどなく流れ続ける。

一つ、また一つと流れていく。最後の瞬間に向かっていく。

――この時間が、終わりませんように。

この流星が終われば、終わってしまえば、詩織は。

詩織の方を横目で見る。彼女も手を合わせて、何か願い事をしているようだった。

「……そうだ、りょうは前に、心は『シーソー』だって言ってたじゃろ？」

不意に詩織が言った。ずっと前に、俺が詩織に話したことだった。

今だってそう思う。ずっと悲しみに傾いているから、さらに悲しみが積もりやすくなっているんだ。こんな俺と一緒にいたから、詩織はあんな事故に巻き込まれてしまったんじゃないかと思うくらいだ。

「でもあれね、違うと思うの。私は、心は『シーソー』じゃなくて『ブランコ』だと思うよ。悲しみに振れた分、喜びにも振れることができる。りょうが悲しみを知ったから、こんなに綺麗な喜び（流れ星）を観ることができたの。悲しみを胸に秘めて、それでも私たちは明日へ進むことができる……」

すっと微笑んだ詩織の体は、さっきよりも色が薄くなっているようだった。

「……いなくならんとってくれ！」

詩織が消えてしまう。俺はその肩を抱き寄せようと手を伸ばした。

しかし、突き出した俺の手は詩織の体を通過した。虚空をつかんでバランスを崩し、俺は詩織を通り抜けてそのまま芝生に手と膝を突いた。そこにいるはずなのに、もう触れることもできなくなっていた。

「りょうには、感謝の気持ちばっかりじゃ……。本当にありがとう」

立ち上がって振り返ると、彼女の目には小さな光の粒が浮かんでいた。

「……りょうは、もう大丈夫」

「詩織……待ってくれ」

詩織は首を横に振って、俺を見つめた。

「……悲しみを受け入れる、強さを手に入れたから」

彼女の体は、色彩を失って半透明になっていた。

その腕も、その手も、温もりも、感触まで思い出せる。全部が夜の闇に溶けていく。

詩織の体がなくなる。

彼女は半透明になった両手を、胸の前でゆっくりと合わせて、流れ星を見上げた。

「りょうが、いつまでも笑って暮らせますように……」

そう言葉を残した唇が、最後に微笑んで消えた。

詩織がいなくなった屋上は、まるで世界から音がなくなったように静かだった。

俺はさっきまで、詩織がいた場所に手を伸ばした。

何もない虚空に手を這わせる。

詩織の形に、空気を撫でた。
景色が滲んでいく。
俺は、あの日から初めて涙を流していた。
熱を持った液体は、止めどなく瞳から溢れ出た。
あの日から、ずっとせき止められていた感情が決壊するように泣いた。
頭上で最後の流れ星が、命の輝きのように煌めいて、消え去った。

6　流星コーリング

朝がやって来た。自分の部屋のベッドの上で、俺はやけに落ち着いた気持ちで目を覚ました。

大きく息を吸って、吐いて、それからゆっくりと起き上がった。

リビングに行くと、那月が座っていた。彼女は朝食を食べながら、テレビを観ていた。

「おはよう」

「……おはよう」

妹の目は、心なしか腫れているようだった。

『昨日、広島の夜空に人工流星が降り注ぎました。日本中から天体の愛好家が集まり、美しい天体現象を観測しました……』

テレビでは、流れ星の写真が映ったモニターの前で、アナウンサーがニュースを読んでいる。

新しい朝だった。

「昨日言ってたこと、本当じゃった」

那月が言った。

一瞬何のことかわからなかったが、すぐに先輩にフラれたことだとわかった。昨日の朝、俺は那月に中途半端なアドバイスを授けたのだった。

「そうじゃと思っても、私の気持ちは変わらんから、先輩にちゃんと伝えた。フラれたけど、スッキリした」

「……そうか」

同じ時が繰り返されても、運命を変えるような大それたことはできない。だけど、人があるべき気持ちを持って次の日を迎えられるように、奇跡というものは起こるのかもしれない。

「なんか、ありがとう」

那月がニコッと笑った。妹が俺に笑顔を向けるなんて、いつぶりのことだろう。可愛い笑顔に、俺は思わずつられて笑った。


午前中に、俺は父と母にもう一度進路の話をした。

これまで現実と向き合えずにいた俺は、まるでずっと靄がかった夢の中にいるようだった。

だけどもう、迷わなくて済みそうだった。担任の先生が俺に勧めてくれた指定校推薦は、小説や物語の研究ができる文学部だった。大切な人を失った俺に、先生は新しい選択肢を見せてくれようとしたのだと思う。いろんな記憶を、今は落ち着いた心で見つめ直すことができていた。

俺は、自分の好きなことを勉強するために、東京に行くことを決心した。自分で決めた道を進む。それは怖いことかもしれない。だけど、昨日のことはまるで、俺が迷わず未来へ進めるよう、詩織が背中を押してくれていたようにも思えた。

合格通知を見た父と母は、俺が決めた道ならと、反対しなかった。

入学関係書類に必要事項を記入し、封筒に入れて投函しに行った。ポストの中で、封筒が手から離れる時に、人生とは、ほんの小さな勇気の集合なのだと思った。


俺はその足で駅へ向かい、電車に乗った。二駅だけ乗って、電車を降りた。その駅に降りたのは、それが人生で二回目だった。だけど、そこから一人で道を歩くのは初めてのことだった。

歩きながら、俺はこの繰り返された日々の中で、俺のそばにいてくれた人たちを思い出していた。今になって、いろんな謎が解けた気がしていた。

洋介は、流れ星を観に行こうと誘ってくれた。

——また四人でいいから観に行きたいな。

最初にそう言っていたのは、山波先生を含めた四人ということだったのだろう。彼は人工流星のニュースを知って、詩織がいなくなって疎遠になった俺たちを、もう一度繋ぎ留めようとしてくれていた。

真希は、俺に思いを打ち明けてくれた。

——うちもね、りょうちゃんのこと好きじゃったよ。

でもきっとあれは、過去に囚われたままの俺の目を覚まさせるために言ってくれた言葉なんじゃないかと思う。彼女はずっと、一人ぼっちになった俺のことを、遠くから気に掛けていてくれたのだろう。

そして、詩織。

——悲しみを胸に秘めて、それでも私たちは明日へ進むことができる。

昨日、詩織は会いに来てくれた。あれはやはり俺がつくり出した幻だったのだろうか。それとも、あの流星の間だけは、詩織は本当にそばにいてくれたのだろうか。

俺はあれから初めて、自分から詩織に会いに来た。

ケーキ屋さんは、今日も住宅街の角で静かに営まれていた。

店内に入ると、ショーケースの向こうに、詩織のお母さんが立っていた。

「いらっしゃいませ……あら？」

俺の姿を見て、お母さんは微笑みながらも切ない表情を作った。そんな顔を、あの日からこれまで何度してきたことだろうか。

「急に、ごめんなさい。詩織さんに、線香をあげさせていただけませんか」

お母さんは、全てをわかったような顔で頷いてくれた。

「……詩織が喜ぶわ」

それだけ言って、俺を二階へと案内してくれた。

初めて入ったリビング。ここで詩織が暮らしていたのだと思うと、胸がいっぱいになった。リビングの先に和室があり、そこに仏壇があった。彼女だったものは、小さな骨になってそこにあった。遺影の写真は、とても綺麗に撮れているのに、どこか詩織らしくないような気がした。

詩織は、もういない。些細な偶然を積み重ね、俺はここにいて、詩織はここにいない。

線香を立てて、手を合わせた。

線香の煙は、すっと高く伸びて途中で見えなくなる。ずっと遠くの場所へと繋がっているみたいだった。

「誕生日おめでとう」

ありがとうでも、さよならでもなく、それだけ言った。

「詩織の体が弱かったことは、知っているでしょう？」

「はい」

「詩織はね、心臓に、小さな瘤（こぶ）があったの」

「……そうなんですか？」

初めて聞いたことだった。俺はなぜか自分の鼓動が速くなるのを感じた。一瞬、足元に大きな穴が開いたような心地で、冷たい汗が遅れてじわりと出てきた。

「やっぱり……詩織、言えないままだったのねぇ」

お母さんは、まるでそこに詩織がいるかのように、仏壇に向かって語り掛けた。

「川崎病っていう病気、聞いたことあるかな……？　詩織は小さい頃に、それを患ったの。まだ原因がわかっていない病気で。うんと小さかったから、詩織もその時のことはよく覚えてないみたいだったけれど、後遺症が心臓に残って。私も、すぐに気付いてあげられなくて……」

もしかして、詩織が伝えようとしていたことはそれだったのだろうか。詩織が怯えていたものは……。

「……そうだ、ちょっと待っててね」

お母さんは何かを思い出したようで、足早に和室から出ていった。階段の方から足音がして、白いものを手に持って戻ってきた。

「この前、詩織の部屋の整理をしている中でね、机の奥から封筒が一通出てきたの。これ……」

お母さんから、横長の真っ白な封筒を受け取った。マスキングテープで綴じられている。封筒は固い感触があって、何か四角いものが入っているようだった。表に「りょうへ」と書いてある。間違いなく詩織の字だった。

「遅くなったけど、読んであげてね」

そう言った目元が、詩織にそっくりだった。

俺は封筒を大切に鞄にしまって、詩織の家を出た。まるで、自分の体の一部が鞄の中にあるみたいだった。

俺は詩織と自分が似ていると思っていた。人に言えない悩みがあって、何かに怯えていて、それを抱え込んでいると。

病気だった……？　そうだとするなら、俺はなんて勘違いをしていたのだろう。俺の抱えていたものなんて、詩織に比べたら本当にちっぽけなものだったのに。

すぐに開きたかったけれど、駅でも電車でも、そんな場所で開く気にはなれなかった。やっぱり自分の部屋が一番いいような気がして、そのまままっすぐ帰ってきた。

部屋のベッドに座って、封筒を開く。開いた裏側に日付が書いてあった。去年の、冬休みに入る日だった。詩織の字を見るだけで、胸が締め付けられるようだった。

封筒の中には、折り畳まれた手紙とCDのケースが入っていた。固い感触は、それだったのだと思った。

俺はケースからCDを取り出して、自分のノートパソコンに入れた。CDには何曲も入っているようで、一曲目が再生された。ピアノの旋律が部屋に響く。

震える指で、俺は折り畳まれた手紙を開いた。冬の匂いが部屋に広がった気がした。

これから受験生になるりょうへ

おはよう、こんにちは、こんばんは。りょうは今、何をしているかな。

今日から冬休みに入るという日に、私はこの手紙を書いています。いつこの手紙を渡せるかなぁと思いながらも、春休みまでに渡す決心がつくように、「これから受験生になるりょう」宛てに手紙を書き出してみました。

まず、これを読んでいるりょうにとってはもう去年の話で、これを書いている私にとっては、ついこの前の話をします。

私があの日りょうを家に誘ったのは、伝えたいことがあったからでした。どうして急にそんな風に思ったのかというと、実はずっと、このままじゃフェアじゃない気がしてたからなの。ちゃんと言わなきゃ、ズルをしてるみたいで。

でも結局、あの日はうまく言葉にならなくて。変な隠し事をしてるんじゃないかと、逆に不安にさせちゃったかなと思って反省していました。だから、落ち着いて伝えられるよう、文字にしてみようと思いました。

うまく書けるかなぁー。私はこのことを誰かに打ち明けるのは初めてだから、なんだか緊張してます。ずっとずっと伝えなきゃと思っていたことで、だけどその勇気が出なかったから。

　でもね、りょうとこれまで一緒に過ごしてきて、春が来ればもう受験生でしょ？　受験ってカップルにとって大きな障壁だと思うの。別れちゃうって話もよく聞くし、進路の違いとか、何かを決断しなきゃいけない時もあると思う。

　だからその前に、嫌われちゃうかもしれないという覚悟をもって、私は私のことをちゃんと伝えようと思います。


　話は、私の幼い頃に遡ります。私は二歳の時に、なんだか難しい病気にかかりました。小さい子どもだけがかかる病気らしいです。高熱が出て、手足が腫れたりしたみたい。その時のことは全然覚えてないからいいんだけど、それが原因で、私の心臓には今も小さな瘤があるらしいの。大動脈瘤って呼ぶんだって。それが原因で運動制限があったりして、小さい頃からなんだか不便だなと思っていました。

　子どもの頃はその程度だったんだけど、私が大きくなって、自分の体のことを少しずつわかるようになった時、私は段々怖くなってきました。

　急に心臓が止まったらどうしようとか、真剣に考えると、怖くてたまらなくなって。自分の体の中って目で見えないでしょ？　すごく変な感じで。夜寝る前は、自分の心臓の音が耳に響いてきて、怖くて眠れないこともありました。

　来年はここにいられるかな。そんな風に、毎日恐怖に襲われていた時期がありました。来月は、来週は、明日は、私は生きているかな。

　実際はね、ちゃんと検査もしてもらってるから、急に心臓が止まったりなんてしないと思うよ。でも、これも想像なんだけど、こんな心臓で、こんなことばっかり考えているから、私はりょうよりも先に死んじゃうんじゃないかなって思うの。りょうの言い方を真似すれば、私のシーソーは、きっと悲しみの方に傾いていると思うから。

　そんな私でも、りょうがこれからも一緒にいてくれるか不安だった。だって、好きな人が先にいなくなるなんて、本当に悲しいことだよ。どっちかわからないならいいけど、どっちが先かわかっているなんて、フェアじゃないでしょ？

　運動制限があるとか、急に心臓が止まるかもって怯えている彼女って、一緒にいて嫌じゃないかなぁ。

そんなことを、ちゃんと言葉にして、りょうに訊いてみたかった。
私も、りょうが先に死ぬってわかってたら、彼氏にするの迷うなぁ。……なんてね、冗談。でもそう思えるくらい、りょうは私の大切な人だよ。

りょうはどう思っているかわからないけれど、私は勝手に、りょうと私は似てるなって思っていました。特に出会った頃のりょうは、どこか陰があって、人に言えないことや、触れちゃいけないところが心の奥にあるみたいで。
私はね、そんな人が本当は、一番優しくて、一番思いやりがあるんだろうなって思うの。他の人の痛みがわかるっていうか。りょうはね、自分では気付いていないかもしれないけれど、りょうが心を開くと、みんなもっとりょうと一緒にいたいって思うような、そんな温もりのある人だと思います。天文部のみんなも、きっとそう思っていると思うよ。

それからね、病気も悪いことばかりじゃなかったの。眠れない夜に、カーテンを開けて空を見上げると、毎晩違う星空がそこにあって。私は他の人が知らないことを知れた気持ちでした。前にも、亡くなった人は星になるって言い伝えが世界中にあるって話をしてたけど、そのことを昔初めて聞いた時、私は少しだけ安心しました。たとえいつか自分が死んでも、あんな風にキラキラ輝いて、私みたいに未来に怯えている人を喜ばせてあげられるなら、悪いことじゃないかもしれないって。

天文部に入ったきっかけも、元をたどれば病気のおかげかなって思うの。それに、前も言ったけど、りょうと出会えたのもそうだよ。体育の時間、話し掛けた私を褒めてあげたい。

私と出会ってくれてありがとう。そばにいてくれて、本当にありがとう。

もしも、こんな私で嫌じゃなければ、これからもよろしくお願いします。

最後に、同封したCDのことです。この前言っていた、私の好きな音楽を一枚にまとめてみました。受け取ってください。私が大好きな曲がたくさん詰まっているの。今どきCDなんて古いかな？　でも、これがりょうの本棚の中にあると、私の好きなものがりょうの人生の一部になっているみたいで嬉しいです。

イギリスの放送で「こちらロンドンからお送りしています」っていうのを「ロンドン・コーリング」って言ってたことがあるんだって。だから、私はこのCDに「流星コーリング」というタイトルを付けました。

もしいつか、私の心臓が止まっても、私は星になって、りょうに話し掛けるよ！

「こちら流れ星からお送りしています！」

それじゃあ、またCDの感想聞かせてね。

詩織

部屋に流れる「流星コーリング」が鼓膜を揺らす。最後まで読み終えた手紙を、俺は丁寧に畳んで封筒にしまった。

——I would die for you.

あの日、詩織が聴いていた曲が部屋に響いていた。

あとがきにかえて

私がこの小説『流星コーリング』に出会ったのは、二〇一八年七月にYouTube Space Tokyoで開催されたWEAVERのライブ「WEAVING ROOM ～Festival of WEAVER～」の時でした。

その時は河邉さんとは直接お会いはせずに、原稿をいただき、それを朗読させていただくという形で出演しました。朗読させていただいたのは物語の序章的な原稿で、小説すべてを読ませていただいたわけではないのですが、その文章だけでも既に一つの世界観がしっかりとあり、全貌はわからないまでも、どんな物語なのかというのが伝わってくる文章でした。

それを想像しながら、自分の感覚で朗読させていただいて、これがどういう風に実際の小説につながっていくのかな、というのを楽しみにしていました。

今回、全部を読ませていただいて、素直で綺麗な、心が洗われるような小説だなと思いました。

河邉さんの前作『夢工場ラムレス』も読ませていただいたのですが、またそれとは違った魅力がありました。

最初は自分の青春時代を重ね合わせられるような話で、でも読み進めるうちに、途中から雲行きが怪しくなってくる。そこからさまざまな出来事が起こり、どうなるのかな、どうなるのかな、と思いながら読み進めるうちにアッという間に読み終えていました。

この作品には、そんな人の気持ちを引き込む力があると思います。

最初、この話が二〇二〇年、広島県上空で実際に流される予定となっている人工流星のことを元にした物語だというのは知らず、まったく架空の物語だと思っていました。

でも、未来に現実にこの現象が起こることを知り、この小説とともにその人工流星を観られる機会があるのかと思うと、なんだかすごく不思議な気がします。

私は、この小説が出版された後に開催される「朗読音楽会」に出演することになっているのですが、一番印象に残ったのは最後のりょうと詩織が二人で夜空を眺めながら会話するシーンです。

詩織が感情を爆発させるわけでなく、りょうが認めたくない事実を優しく解き明かしてあげる――、そういう彼女が持つ包容力は出そうと思って出せるものではありません。それを演じることができるのは、楽しみだなと思っています。

また、今回、ＷＥＡＶＥＲとしてもこの小説をテーマにしたアルバム『流星コーリング』をリリースされるとお伺いしました。

私は七月のライブで「最後の夜と流星」を聴かせていただいてはいましたが、小説を読んでから聴くと、また印象が変わって聞こえ、この曲を〝どのタイミングの主人公なのか〟と捉えて読み解くかによっても趣が変わるな、と思います。

そして、曲の歌詞やラストに入っている時計の秒針のチッチッという音に、主人公の時間が進んでいる、ちゃんと前に進めているんだなと感じ、小説と楽曲がリンクすることで、ここまで世界が広がったり、こんなに想像できるものなのだな、と驚きました。


人は誰しも、時間を巻き戻せればいいのにと思うタイミングがあると思います。でも、それは叶わないこと。そこで立ち止まってしまう人もたくさんいると思うのですが、そんな時にこの小説は、しっかり寄り添ってくれる存在になるような気がします。

若い時には、まだ自分の力では立ち上がるのが難しいことがあると思います。そんな時、人の言葉は届かなくても、小説や音楽が心に届くことがあると思うのです。

そういう小説や音楽の力を必要としている人たちに読んでもらえたらな、と思います。

花澤香菜

花澤香菜（はなざわ・かな）●子役として活躍した後『LAST EXILE』で声優デビュー。２００６年に『ゼーガペイン』で主演を経験した後『かんなぎ』『化物語』『Angel Beats!』『IS〈インフィニット・ストラトス〉』など人気作に数多く出演。また、歌手としても活動。２０１９年２月20日にリリースした『ココベース』を含め５枚のフルアルバムをリリースしている

解説

けんご

綺麗な小説だ――。

まるで読者の自分が高校生に戻っているような、そんな青春を感じさせる一冊だった。

著者の河邉徹さんとは、ＳＮＳ上で知り合い、そこで初めて本作を手に取った。作品を読んだ当初は、人工流星というものがまったくのフィクションであると勘違いしていた。

まさか、実際に広島県上空で流される予定だったなんて……。

様々な意味で驚かされた一冊であるのは間違いない。

それに、この作品では会話文のなかで丁寧に天文のことが描かれる。文章そのものが優しく、読者にかなり配慮した物語だと思うので、主に読書未経験の人に小説を紹介する僕の立場からすると、とても魅力的な作品だった。

この作品は、高校生が主人公の作品であるが、大人の方にこそ読んでほしいと思う。

思春期というのは誰しも経験することであり、特に将来のことや人間関係で悩むことが多くなる高校生活はかけがえのないものだ。

『流星コーリング』を読んで学生時代のことを鮮明に思い出した。

主人公のりょうに共感する人はかなり多いのではないだろうか。進路に対する葛藤、想いを寄せる人への切ない気持ち。こんな時期があったなあ、と心底懐かしくなる。

大人になればなるほど、この繊細な心情を文章で表現することは難しいはず。しかし、様々な感情を音楽で表現し続ける河邉さんだからこそ、この真っ直ぐな青春小説を完成させることができたのではないだろうか。

感情が入り交じる、高校生の青春を描く物語。中盤まで読んで、これからどうやって人工流星と関係してくるのか、ワクワクしながら読んでいたのだが――。

「時間ループ」物語に繋がるなんて思いもしなかった。

人工流星が観測できる日を何度も繰り返してしまう主人公のりょう。所属する天文部の部員に相談するが原因を突き止めることができずに、ループが続く。

ラストシーンと屋上での会話には、鳥肌が立つほどに心が震えた。

※「解説」として書かせていただいていますが、ここからは物語にはあまり触れずに、主に僕がこの作品から感じたことを綴らせていただきます。

人は誰しも、後悔や悲しみを抱えているのだと思う。どうしても受け入れ難いことだってあるはずだ。今これを読んでいるあなたには、消したい過去はあるだろうか？　僕にはある。

もしかすると、あの頃に戻ってやり直したいと願うこともあるだろう。それがトラウマにもなってしまい、なかなか前向きになれないと悩む人もいるはずだ。

しかし、戻ることは決して許されない。生きている限り時間は進み続ける。止まることはない。誰しも平等に与えられた、二十四時間の制限された一日を過ごさなければならない。

葛藤を抱えるりょうの言動を見て、改めてこんなことを思った。

『流星コーリング』を読んで強く感じたことがひとつある。

それは、人生はすべて今の自分の行動によって左右されるということ。

過去の後悔と立ち向かうのも今の自分であり、未来の自分を救うのも今の自分だ。

直接的な表現はないが、僕はこの作品からこのように感じた。

この作品は、ただの青春小説ではない。前に進むことができない人たちに勇気をもたらす、強いメッセージが込められた作品だ。

（小説紹介クリエイター）

参考文献

「春の星座博物館」（山田卓） 地人書館
「星の神話・伝説集成」（野尻抱影） 恒星社
「星空の楽しい話をしましょう」（駒井仁南子） 誠文堂新光社
「星をさがす」（石井ゆかり） WAVE出版
「宙の名前」（林完次） KADOKAWA

credit

Creative Director：Atsushi Otaki / 大瀧 篤
Art Director：Yusuke Imai / 今井 祐介
Designer：Yuta Yoshino / 吉野 勇太
Illustrator：Shun Nakazawa / 中沢 俊
Photo retouching：Ryosuke Harashima / 原島 良輔
Planner：Shinya Miura, Kosuke Takahashi / 三浦 慎也、高橋 鴻介
Creative Producer：Yumeno Suzuki / 鈴木 夢乃
Business Producer：Hideyuki Sasaki / 佐々木 秀幸

本書は、二〇一九年三月に株式会社 KADOKAWA より刊行されました。

流星コーリング

河邉 徹

2022年2月5日　第1刷発行

発行者　千葉 均
発行所　株式会社ポプラ社
〒102-8519　東京都千代田区麹町4-2-6
ホームページ　www.poplar.co.jp
フォーマットデザイン　bookwall
組版・校閲　株式会社鷗来堂
印刷・製本　中央精版印刷株式会社

©Toru Kawabe 2022　Printed in Japan
N.D.C.913/263p/15cm　ISBN978-4-591-17256-8

落丁・乱丁本はお取り替えいたします。
電話(0120-666-553)または、ホームページ(www.poplar.co.jp)のお問い合わせ一覧よりご連絡ください。
※受付時間は月～金曜日、10時～17時です(祝日・休日は除く)。

本書のコピー、スキャン、デジタル化等の無断複製は著作権法上での例外を除き禁じられています。本書を代行業者等の第三者に依頼してスキャンやデジタル化することは、たとえ個人や家庭内での利用であっても著作権法上認められておりません。

P8101440

ポプラ文庫